John H. Watson & David Gray

Sherlock Holmes

Der Geist des Architekten

Das erste von drei neuen Abenteuern des Meisterdetektivs nach geheimen Berichten Dr Watsons, übersetzt & bearbeitet von David Gray.

Edition Roter Drache

Dieses Buch wurde klimaneutral gedruckt.

Klimaneutral
Druckprodukt
ClimatePartner.com/14701-2102-1005

2. Auflage April 2022

Edtion Roter Drache, Holger Kliemannel, Am Hügel 7,
59872 Meschede
edition@roterdrache.org; www.roterdrache.org

Titelbild: David Gray
Buchgestaltung: Sabrina Schmidt
Umschlaggestaltung: Holger Kliemannel
Illustrationen: Katharina Kraft
Lektorat: Sarah Bräunlich
Gesamtherstellung: Drukarnia Cyfrowa, Polen

ISBN 978-3-946425-69-4

«Ein scharlachrotes Band von Mord zieht sich durch das sonst so farblose Knäuel des Lebens. Und unsere Pflicht ist es, dieses Band zu entwirren, es zu isolieren und jeden Inch davon sichtbar zu machen.»

John H. Watson, aus »Eine Studie in Scharlachrot«, 1886

Aktennotiz von John H. Watson

Man hat mich aufgefordert, meine Sicht der Vorfälle darzulegen, die inzwischen unter dem Aktenzeichen 1890/56/08/12/24 in die geheimen Annalen des Home-Offices Ihrer Majestät eingingen. Wie mein Freund Sherlock Holmes und Mister Mycroft Holmes bin auch ich der Überzeugung, dass die Welt noch nicht bereit ist, über die volle Tragweite dieser Vorfälle ins Bild gesetzt zu werden.

Einigen von Ihnen, die so freundlich waren, regelmäßig meine literarischen Versuche im *Strand-Magazine* zu verfolgen, wird die Offenheit, mit der ich auf den folgenden Seiten jene außerordentlichen Abenteuer darstelle, vielleicht befremdlich erscheinen.

Da dieser Report jedoch nur einer Handvoll Männern unter die Augen kommen wird, sehe ich keinen Grund, hier dieselben Rücksichten zu nehmen, die mich bei meinen Veröffentlichungen im *Strand-Magazine* leiten lassen. Immerhin werden dort die Abenteuer meines Freundes Sherlock auch Frauen und Kindern zugänglich gemacht, was, wie man unschwer nachvollziehen kann, durchaus gewisse Anpassungen in Stil und Inhalt meiner Schilderungen erfordert.

Wenn dies folgenden Zeilen jedoch aus heute noch nicht vorhersehbaren Gründen eines Tages doch einmal einem breiteren Kreis von Lesern zugänglich gemacht werden, so schlage ich vor, sollte jene Sammlung keinen anderen Titel tragen als:

»Eine Studie in Angst«

Gezeichnet: John Hamish Watson, M.D.

I. Holmes Gast

An einem sonnigen Vormittag, an dem dieser Bericht seinen Anfang nimmt, war ich aus meiner Praxis in Paddington zu Sherlock Holmes Wohnung in der Baker Street gekommen, da Holmes mich in einem Telegramm zu sich gebeten hatte.

Erwarte Sie heute 10 Uhr Baker Street.

Mit Ihrem Revolver.

Seit meiner Heirat mit Miss Mary Marston hatten wir uns nicht mehr gesehen. Es lag nicht in Holmes Natur, Höflichkeitsbesuche zu machen, und ich war zu beschäftigt damit gewesen, meine Praxis aufzubauen und mich zusammen mit meiner Frau in unserem neuen Heim in Paddington einzurichten.

Meine Entscheidung, zugunsten des Ehelebens unsere Gemeinschaft in der Baker Street aufzugeben, hatte Holmes verletzt. Er war nicht einmal zu meiner Hochzeit gekommen. Angeblich hielt ihn das Rätsel um ein spurlos verschwundenes Gemälde in Paris davon ab, was jedoch, wie ich nur zu gut wusste, eine Ausrede gewesen war.

Die Aussicht auf ein neues gemeinsames Abenteuer hatte mich in Hochstimmung versetzt. Ein Zustand, der Mrs Watsons Aufmerksamkeit nicht entging. Sie war bestimmt die rücksichtsvollste und einfühlsamste Frau, die ein Mann sich nur wünschen konnte. Meine langjährige Freundschaft zu Holmes blieb ihr allerdings immer ein wenig unverständlich und in gewissem Sinne sogar unheimlich. Dass Holmes darauf bestand, ich solle meinen Revolver einstecken, hatte ich Mrs Watson daher wohlweislich verschwiegen.

Ich fand Holmes im Wohnzimmer, dessen Boden von den Ausgaben der wichtigsten Londoner Zeitungen und einiger der schlimmsten Revolverblätter bedeckt war. Holmes war nicht wählerisch in der Art seiner Lektüre. Er bestand darauf, dass man aus den Spalten der Revolverblätter ebenso viele – wenn nicht gar mehr – nützliche Informationen ziehen konnte wie aus den Leitartikeln der *Times* oder des *Daily Telegraphs*.

Statt einer Begrüßung reichte Holmes mir wortlos ein Telegramm, aufgegeben von seinem älterem Bruder Mycroft, der damit seinen Besuch für eben diesen Nachmittag ankündigte.

Da der phlegmatische Mycroft Holmes bekannt dafür war, sich nur in Ausnahmefällen aus seinem Büro in Whitehall oder dem Diogenes Club in Pall Mall herauszuwagen, standen zweifellos sensationelle Neuigkeiten zu erwarten.

Außer meinem Revolver hatte ich auch meine Bulldogge Lestrade dabei, Mrs Watson bestand darauf. Sie fand, dass dem Tier ein wenig Auslauft guttun müsse, und hoffte wohl insgeheim, seine Anwesenheit würde mich davon abhalten, Holmes allzu überstürzt in irgendeines seiner Abenteuer zu folgen.

Meine Bulldogge und Holmes waren zwar alte Bekannte, allerdings keine Freunde. Sowie der Hund Holmes erblickte, knurrte er und zog sich ins Nebenzimmer zurück, das Holmes nach meinem Auszug in ein Laboratorium für seine chemischen Experimente verwandelt hatte.

»Ich sehe, das Eheleben bekommt Ihnen, Watson. Sie haben Gewicht zugelegt, außerdem tragen Sie neue Schuhe, was darauf schließen lässt, dass Ihre Praxis inzwischen einiges abwirft.«

»Mary lässt Ihnen ihre Grüße ausrichten, Holmes«, entgegnete ich und setzte mich in meinen Sessel, den Holmes da belassen hatte, wo er immer schon gestanden hatte. Ein Detail, das, wie ich gern zugeben will, mich leise rührte. Selbst wenn ich wusste, dass Sherlock Holmes grundsätzlich auf strikter Kontinuität in seinem näheren Umfeld bestand.

Nach meiner Begrüßung verfiel mein alter Freund in brütendes Schweigen. Ab und zu warf er dabei einen Blick auf die Uhr über dem Kaminsims.

Bislang hatte Mycroft Holmes nur ein einziges Mal seinen Fuß in diese Wohnung gesetzt. Was ihn damals in die Baker Street trieb, war ein Fall, der ohne Sherlocks Eingreifen zu einer schweren internationalen Krise hätte führen können. Mit Ähnlichem erwartete Sherlock auch an diesem Nachmittag konfrontiert zu werden.

Sherlock blickte wieder auf die Uhr über dem Kamin. »Ist es das geheime Abkommen mit dem Deutschen Reich, das Mycroft hierher treibt, hm, Watson? Irgendein Erpresser, der damit droht, es öffentlich zu machen?«

Ich war mir keines geheimen Abkommens mit dem Deutschen Reich bewusst, in den Zeitungen verlor man darüber jedenfalls kein Wort.

»Nein, nein, Watson, es kann sich nicht um irgendetwas so Offensichtliches handeln«, verkündete Holmes und versank erneut in brütendes Schweigen.

Ich sah zur Tür nach nebenan. Irgendetwas dort hatte Lestrades Missfallen erregt. Er knurrte vernehmlich.

Holmes so offensichtlich gelangweilt zu sehen, bereitete mir durchaus Sorgen. Langeweile tat ihm nicht gut. Sie brachte ihn dazu, nach der siebenprozentigen Lösung Kokains zu greifen. Ich sah das Lederetui mit der Spritze und den Kokainampullen auf dem Kaminsims gleich neben dem persischen Pantoffel liegen, in dem er seinen Pfeifentabak zu verwahren pflegte.

Ich fragte mich, ob er sogar heute wieder zu dem Kokain gegriffen hatte. Obwohl ich Holmes einige Monate nicht gesehen hatte, hieß dies nicht, dass ich nicht weiterhin Anteil an Wohlergehen und Gesundheit meines Freundes genommen hätte.

All meine Versuche, den Apotheker schräg gegenüber dazu zu bringen, Holmes nichts mehr davon zu verkaufen, waren regelmäßig an dessen Borniertheit gescheitert. Sicher hätte Holmes sich auch in jeder anderen Apotheke Londons seine Ration besorgen können, doch dazu hätte er sich aus dem Haus bewegen müssen. Angesichts seiner ungesunden Blässe musste er jedoch die letzten Tage – wenn nicht gar Wochen – vornehmlich in seiner Wohnung verbracht haben.

Allen im Haus, Holmes Vermieterin Mrs Hudson, dem Hausmädchen Rachel und dem Burschen, den Holmes sich inzwischen hielt, hatte ich noch vor Kurzem eingeschärft, Holmes Sucht keinesfalls nachzugeben. Wollte er seine Droge, so beschwor ich vor allem Mrs Hudson in meinen Briefen, sollte er sie sich gefälligst selbst besorgen gehen. Sogar die Bande von Straßenkindern und Zeitungsjungen, die Holmes als Baker Street *Irregulars* bezeichnete und zuweilen als Kuriere und Beobachter einsetzte, erhielt von mir wöchentlich einige Pennys, damit sie darauf verzichtete, Holmes seine Drogen zu beschaffen.

Sherlock griff nach der *Police Gazette*. Er blätterte sie rasch durch und warf sie dann wieder auf den Boden zurück. In diesem Zustand innerer Anspannung war er noch schwerer zu ertragen als sonst. So hoffte ich, Mycroft möge jeden Moment durch die Tür treten, um Sherlock endlich von dessen quälender Langeweile zu erlösen.

»Sind wir heute ein wenig verschnupft, Watson, was? Ist uns eine Laus über die Leber gelaufen?«, erkundigte sich Holmes nach einem neuen Blick auf die Uhr.

Nebenan war Lestrades Knurren in ein leises Jaulen übergegangen. Ich war versucht aufzustehen und nachzusehen, was ihn so aus der Fassung gebracht hatte.

Sherlock wies abfällig auf die *Police Gazette*. »Seit Tagen nichts als russische Anarchisten, Watson«, rief er. »Was ist nur in Englands Verbrecher gefahren? Ist Londons Unterwelt wirklich so weit auf den Hund gekommen, dass man auf kontinentale Anarchisten zurückgreifen muss, um die *Gazette* zu füllen?«

Die *Gazette* war tatsächlich voll von der russischen Anarchistengruppe gewesen, die versucht hatte, den Zaren mit einer Höllenmaschine in die Luft zu sprengen.

»Dann kann es nur höchste Zeit sein, dass Sie wieder zu einer Aufgabe kommen, Holmes. Zweifellos wird dies die russischen Anarchisten aus den Schlagzeilen der *Gazette* verdrängen«, sagte ich.

Holmes sprang von seinem Sessel auf und begann nervös durch den Raum zu tigern.

»Wer sagt, ich hätte keine Aufgaben, Watson? Gerade gestern erst habe ich einen Fall zum Abschluss gebracht, bei dem Grendel von der Special Branch mich hinzuzog. Er stellte zwar keine sonderliche Herausforderung dar, das gestehe ich gerne zu, doch man hilft ja, wo man kann. Zumal Grendel noch einer der helleren Köpfe bei Scotland Yard ist.«

Inspektor Grendel von Special Branch machte seinem Namen in gewisser Weise alle Ehre, denn er war gut sechs Fuß groß und wog um die zweihundertfünfzig Pfund. Inspektor Lestrade von Scotland Yard bezeichnete Grendel gerne als »Mycrofts Watson«, da Grendel in bestimmten Fällen, die die Sicherheit des Empires betrafen, hin und wieder Mycrofts Expertise einzuholen pflegte. Ganz ähnlich, wie sein Kollege Lestrade dies mit meinem Freund Sherlock tat. Ich hatte jedoch nichts über einen Fall gehört, der so verzwickt gewesen wäre, dass Special Branch Holmes hätte hinzuziehen müssen.

»Tatsächlich, Holmes? Erstaunlich, ich habe gar nichts davon gehört«, merkte ich an.

Holmes steckte sich eine seiner speziell für ihn gemischten Zigaretten an und ein dünnes Lächeln spielte über seine Lippen.

»Oh, es handelte sich um eine gewisse Lady, die im Verdacht stand, ihren Ehemann, einen Angehörigen der französischen Botschaft, allmählich vergiften zu wollen. Aufgrund der Stellung des Mannes war man verständlicherweise unsicher, ob man die Polizei einschalten sollte. Als man sich schließlich dazu durchrang, kam Grendel damit sogleich zu mir und bat um Rat. Und, wie ich sagen darf, fand der gute Inspektor keinen Grund, seine Entscheidung bereuen zu müssen.«

Ich erinnerte mich, gelesen zu haben, dass sich der stellvertretende französische Botschafter, der Comte du Montfort, erst kürzlich unvermittelt auf seinen Landsitz bei Paris zurückgezogen hatte.

Wahrscheinlich hätte ich davon kaum Notiz genommen, wäre der Comte nicht mit Lady Violet Cromer verheiratet. Sie ist eine gefeierte Schönheit, deren herausragende Stellung, Intelligenz und erlesener Geschmack ihr einen regelmäßigen Platz in den Gesellschaftsspalten sicherte, die Mrs Watson so aufmerksam verfolgte und mit mir zu teilen pflegte.

»Herrgott, Holmes! Dann haben Sie Lady Cromer getroffen? Sie muss eine der schönsten Frauen der Welt sein. Berichten Sie – wie war sie? Hat sie wirklich versucht, ihren Mann zu vergiften?«

Holmes warf seine Zigarette in den Kamin, wo sich bereits eine beachtliche Menge zu Ende gerauchter Vorgängerinnen angesammelt hatte.

»Welch Aufregung über diese Frau, Watson! Dass sie solch eine Schönheit sein soll, ist mir gar nicht aufgefallen …«

Natürlich nicht. Ich erinnerte mich, dass er mir vor einigen Monaten erst einen Vortrag darüber gehalten hatte, dass eine der für ihn anziehendsten Frauen am Galgen endete, nachdem er nachweisen konnte, dass sie ihre beiden kleinen Kinder aufgrund von deren Lebensversicherung umgebracht hatte. »Gefühlsregungen sind dem klaren Denken abträglich, Watson«, hatte er damals erklärt. »Ich kann gar nicht genug betonen, wie absolut unerlässlich es ist, sein Urteil nicht durch die physischen Vorzüge oder Mängel einer Person beirren zu lassen. Noch mehr gilt dies in Hinsicht auf das zartere Geschlecht.«

Andererseits war aber auch dies nicht ganz und gar korrekt. Denn eine Frau existierte immerhin, deren Witz und Haltung ihn so sehr beeindruckte, dass er sie stets nur als »Die Frau« bezeichnete, und der er von ihrer ersten Begegnung an einen ganz besonderen Platz in seinem Herzen eingeräumt hatte. Ich hegte den begründeten Verdacht, dass, während er zuweilen zu seiner Violine griff, um melancholische deutsche Lieder zu spielen, seine Gedanken oft genug nicht ganz zufällig zu jener bemerkenswerten Miss Irene Adler wanderten.

»Holmes, spannen Sie mich doch nicht so auf die Folter! Was hat Ihre Untersuchung ergeben? Muss man nun damit rechnen, dass Lady Cromer demnächst angeklagt werden wird?«

Holmes steckte sich eine weitere Zigarette an und sein Blick glitt dabei von der Uhr auf dem Kaminsims zu dem Lederetui mit der Kokainlösung.

»Es war kein Rätsel, das es verdient hätte, in Ihre Chronik meiner Arbeit aufgenommen zu werden. Der Comte ist auf eine spezielle Medizin angewiesen. Da er jedoch ein hart arbeitender Mann ist, und, wie man mir unter der Hand mitteilte, wohl auch zu Zerstreutheit neigte, fiel es seiner Frau, Lady Cromer, zu, dafür zu sorgen, dass er die Medizin auch einnahm. Nachdem sich die Gesundheit des Comte innerhalb weniger Tage rapide verschlechterte, zog man Sir Francis Laking, den Leibarzt der Queen, hinzu. Der Comte klagte über plötzliche Halluzinationen, Magenbeschwerden, schlechten Blutfluss und Kopf- und Gliederschmerzen. Laking fand jedoch nichts, was die Symptome des Comte plausibel erklärte. Weswegen er den Verdacht äußerte, dass er womöglich Opfer eines schleichenden Giftanschlags sei. Um ganz genau zu sein, war Sir Francis der Auffassung, dass der Comte mit Bleiacetat vergiftet wurde, das man ihm in kleinen Dosen zusammen mit seiner Medizin, einer ekelerregend süßlichen und übel riechenden Mixtur, eingab, weswegen die natürliche Süße des Bleiacetats darin nicht auffiel. Ich stimmte jedoch von Anfang an nicht mit Sir Lakings Auffassung überein. Zwar konnten seine Symptome durchaus davon hervorgerufen werden, doch fehlte mir vor allem ein Motiv. Dennoch bestand Sir Francis beharrlich auf seiner Ansicht und bedrängte Grendel, rasch etwas zu unternehmen. Die natürliche Abneigung zwischen Lady Cromer und Sir Francis war sozusagen mit Händen greifbar, sobald sich beide begegneten. Was immerhin erklärte, weswegen er so halsstarrig darauf bestand, dass dem Comte das Gift mit seiner Medizin eingegeben wurde. Die Lösung des Rätsels war so simpel, dass nicht einmal Grendel, der ja ein nicht ganz und gar unbegabter Detektiv ist, darauf verfiel. Ich selbst kam ihr erst auf die Spur, als ich den Comte dabei beobachtete, wie er seine so übelschmeckende Medizin einnahm. Er zögerte nämlich keinen Augenblick, das Mittel hinunterzuschlucken, und verzog danach nicht einmal das Gesicht. Ich schloss daraus, dass die Geschmacksnerven des Comte unempfindlich seien. Eine Anomalie, die häufig vom regelmäßigen Genuss bestimmter Drogen hervorgerufen wird, wie Sie sicher wissen, Watson. Nach einigem Zögern gab der Comte schließlich zu, dass meine Schlussfolgerung der Wahrheit entsprach. Seit einigen Wochen, so berichtete er, habe er nach und nach jegliches Geschmacksempfinden verloren, dies allerdings geheim gehalten. Nicht einmal seine Frau wisse davon. Angesichts der Besessenheit der Franzosen von gutem Essen und Wein, darf man dem Mann keinen Vorwurf daraus machen, diese Tatsache für sich behalten zu haben, nehme ich an. Er bestand allerdings darauf, niemals Drogen genommen zu haben. Oder zumindest nicht in den Mengen, die erforderlich gewesen wären, um diese Wirkung hervorzurufen. Und, mein lieber Watson, ich hatte keinen Grund an seinen Angaben zu zweifeln. Was allerdings die Frage nach der Ursache seiner eigenartigen Krankheit nur umso dringender machte. Es gab also kein Motiv, und seit ich feststellte, dass er nicht mehr schmecken konnte, gab es auch dutzende Möglichkeiten, dem Comte das Gift unterzuschieben.«

Ich lauschte Holmes so aufmerksam, ich vergaß darüber sogar den armen Lestrade, der immer noch im Nebenzimmer herumstrolchte.

»Letztlich war die Lösung, wie gesagt, ganz einfach. Denn ohne ein Motiv, so schlussfolgerte ich, hatte ich es auch nicht mit einem Verbrechen zu tun, sondern höchstens einem Versehen oder Unfall. Nun, zum Ende könnte man wohl ruhigen Gewissens sagen, dass es etwas von beidem gewesen war. Ich befragte den Comte ein weiteres Mal nach seinen sämtlichen Gewohnheiten und seiner täglichen Routine. Dabei stellte sich heraus, dass er jeden Abend vor dem Schlafengehen einen Brandy zu sich zu nehmen pflegte, den er sich aus Sentimentalität von einer kleinen Brennerei in seinem Heimatort liefern ließ. Alle anderen Speisen und Getränke, die er zu sich nahm, wurden zugleich immer auch anderen Botschaftsangehörigen, Gästen oder dem Personal zugänglich

gemacht – bei denen sich jedoch keinerlei Zeichen jener eigenartigen Vergiftung zeigten. Es kostete mich einiges an Mühe, um herauszufinden, dass auch einer der jüngeren Botschaftssekretäre Gefallen an jenem Brandy gefunden hatte. Von Zeit zu Zeit nahm er sich etwas davon. Damit der Verlust an der Karaffe nicht auffiel, pflegte er ihn durch eine Laudanum-Mixtur auszugleichen, die zufällig exakt dieselbe Farbe aufwies wie dieser Brandy. Mit anderen Worten hatte der Comte so mit jedem Glas seines abendlichen Brandys auch einen immer größer werdenden Anteil Laudanums zu sich genommen, worauf er jedoch besonders empfindlich regierte. Wie man mir versicherte, wird der Comte in einigen Wochen vollständig von seinen Symptomen kuriert sein und erneut seiner Arbeit nachgehen. Sehen Sie, Watson, wenn überhaupt eine Lehre aus diesem Fall zu ziehen ist, so muss sie heißen, dass es für einen guten Detektiv gefährlich ist, sich zu rasch auf eine Hypothese zu versteifen, wie Grendel und Sir Laking das unzweifelhaft getan hatten.«

Sherlock setzte seine Wanderung durchs Zimmer für eine Zeitlang schweigend fort. Dann ließ er sich wieder in seinen bevorzugten Sessel beim Fenster fallen, stopfte sich eine Pfeife, zündete sie an, lehnte sich entspannt zurück und schloss die Augen.

Da auch Lestrade nebenan sich wieder beruhigt zu haben schien, griff ich nach dem *Daily Telegraph* und vertiefte mich in dessen Leitartikel.

»Er tut das natürlich mit voller Absicht, Watson, das ist Ihnen doch klar, oder nicht?«, sagte Holmes irgendwann.

Ich sah von meiner Zeitung auf. »Wer tut was mit Absicht, Holmes?«

»Mein Bruder. Er weiß ganz genau, wie sehr mir diese verflixte Ungewissheit auf die Nerven fällt!«

In dem Telegramm hatte Mycroft wirklich keinen Grund für seinen Besuch erwähnt. Doch ich würde den Teufel tun, Holmes um seine Ansicht dazu zu bitten. Erstens bestand die Chance, dass er ins Schwarze damit treffen könnte und seine kindische Freude darüber wäre dann nur schwer zu ertragen gewesen. Und zweitens wären seine Erklärungen nicht ohne ein gewisses Maß an Belehrungen abgegangen. Davon hatte ich jedoch in den mehr als zehn Jahren unserer Freundschaft schon genug für drei Leben über mich ergehen lassen müssen. Drittens würde er mir ohnehin seine Ansichten dazu aufdrängen, ganz gleich, ob ich sie hören wollte oder nicht.

Im nächsten Augenblick ertönte nebenan ein helles Klirren, gefolgt von einem dumpfen Fall und dem Schmerzensgeheul Lestrades.

Ich sprang von meinem Platz auf, griff instinktiv nach dem geladenen Revolver und rannte auf die Tür zum Nachbarraum zu, drauf und dran mit gezückter Waffe Holmes Laboratorium zu stürmen.

Doch da kam mir meine gute Bulldogge bereits entgegengelaufen. In ihrer Schnauze hielt sie eine menschliche Hand und aus ihrem Fell tropfte eine zähe überaus ekelerregende Flüssigkeit, sie war schwärzlich grau und zäh wie Sirup.

»Bei Joves, Watson, nun sehen Sie doch, was Ihr Ungeheuer jetzt wieder angerichtet hat! Mein Zersetzungsexperiment! Vier Tage Arbeit, vom Mops gefressen!«

Lestrade stürmte mit seiner Beute sicher in den Zähnen zwischen unseren Füßen hindurch zur Treppe und hinab zu Mrs Hudson.

»Er ist eine Bulldogge, kein Mops, Holmes!«, bemühte ich mich, den armen Lestrade zu verteidigen.

»Schauen Sie gefälligst *mich* nicht so zornig an, Watson! Wie Sie sich vielleicht erinnern werden, ist Ihr Wadenbeißer von ganz allein nach nebenan gelaufen!«

»Als ob Sie nicht ganz genau wussten, dass da nebenan eine Beute verwahrt war, der er unmöglich widerstehen konnte! Sie haben all die Zeit doch nur darauf gewartet, dass er danach schnappt. Weshalb sonst hätten Sie, seit ich hierher kam, alle paar Minuten auf Ihre Uhr schauen sollen?«

Holmes lächelte und klatschte affektiert in die Hände. »Bravo, Watson! Das Studium meiner Methoden ist offensichtlich tatsächlich nicht ganz spurlos an Ihnen vorübergegangen«, gratulierte er mir.

Dennoch war ich noch längst nicht besänftigt. »Wer weiß, was er sich für Infekte und Vergiftungen zuzieht, wenn er an dieser verfluchten Hand herumknabbert!«, beschwerte ich mich.

Unten wurde der Klopfer betätigt, und gleich darauf ertönte Mycrofts hohe, etwas weibische Stimme.

Trotz seiner Beute, die er nicht losgelassen hatte, brachte Lestrade ein böses Knurren zustande, sobald er am Fuß der Treppe auf Mycroft traf.

»Watson? Ist das etwa Ihr Scheusal? Glauben Sie nicht, dass es die Nachbarn irritieren könnte, wenn Sie ihn mit einer halbzersetzten menschlichen Hand im Maul herumlaufen lassen?«

Mycroft Holmes stieg die Treppe hinauf und betrat den Salon.

Unten rief Mrs Hudson etwas Unverständliches. Es klang verdächtig nach einem Fluch.

* * *

Mycroft trug einen dunklen Mantel, ein schneeweißes Hemd und einen tiefschwarzen Gehrock, den er jedoch mit einer schreiend gelben Weste kombiniert hatte. Er hielt Stock und Zylinder in der rechten Hand, während er angeregt in den Raum hineinschnupperte. Selbst wenn er – wie die schreiend gelbe Weste bewies – durchaus etwas von Sherlock Holmes Hang zum

Dandy hatte, war Mycroft physisch das exakte Gegenteil seines schlanken, großgewachsenen Bruders. Zwar war er ebenso groß wie Sherlock, doch wog er gut und gerne das Dreifache.

Holmes warf einen kurzen Blick auf seinen Bruder und forderte ihn dann mit einer Geste dazu auf abzulegen. »Du bist sechs Minuten zu früh, Mycroft. Außerdem hast du, wie ich sehe, den Vormittag zwar in deinem Club verbracht, aber warst dann irgendwo im Eastend unterwegs.«

Mycroft legte Zylinder und Stock ab.

»Ah, Watson! Schön, Sie zu sehen«, begrüßte er mich.

Seinem Bruder gönnte er jedoch gerade einmal ein knappes Kopfnicken.

Innerhalb des engen Kreises von Männern, die beide Holmes Brüder gut genug kannten, um sich ein Urteil über deren Verhältnis zueinander erlauben zu dürfen, hält sich hartnäckig das Gerücht, Sherlock und Mycroft könnten sich nicht ausstehen. Doch es wäre ein Irrtum gewesen anzunehmen, dass sie einander nicht ertragen konnten. Sie hatten einfach nur eine ganz eigene Art des Umgangs miteinander entwickelt, die gewöhnlichen Menschen zwangsläufig fremd bleiben musste. So hatte ich mehr als einmal erlebt, dass die beiden sich für Stunden regungslos anschwiegen, ohne dass einer von ihnen sich dabei in irgendeiner Weise unwohl gefühlt hätte. Exzentrische Gewohnheiten wie diese machten es zuweilen nicht leicht, die Freundschaft mit ihnen aufrechtzuerhalten. Noch viel mehr erschwerten sie selbst näheren Bekannten eine korrekte Einschätzung des wahren Zustands ihres Verhältnisses.

Die beiden hatten immer noch kein weiteres Wort gewechselt, als Mrs Hudson mit einem Tablett Tee erschien. Sie stellte den Tee auf dem Tischchen neben Mycrofts Sessel ab, sah sich im Zimmer um, verzog Mund und Nase und warf Holmes einen kühlen Blick zu.

»Mister Holmes, ich erwartete, dass Sie unverzüglich dafür Sorge tragen, dass diese eklige Hand aus meiner Küche verschwindet.«

Sie wandte ihren Blick mir zu. »Ich habe dem armen Hund etwas Milch und Honig zubereitet, Doktor. Ich bin sicher, es geht ihm soweit gut. Hoffen wir, dass er nach diesem Erlebnis in Bezug auf Mister Holmes exzentrische Übungen hier klüger geworden ist.«

»Keine Übungen – Experimente, Mrs Hudson!«, warf Holmes ein.

Doch Mrs Hudson hatte sich da bereits abgewandt und auf den Weg zur Treppe gemacht. Es konnte keine zweite Haushälterin in ganz London existieren, die im Angesicht der verschiedensten Katastrophen derart gelassen blieb wie sie.

Die beiden Brüder, in ihren Sesseln vergraben, schwiegen noch immer. Plötzlich erschien mir dieses

Spiel denn doch als zu kindisch. Benahmen sich die beiden brillantesten Köpfe des Empires wie dumme Schuljungen, wurde es höchste Zeit für ein wenig gesunden Menschenverstand.

»Mycroft, jetzt spannen Sie uns doch nicht länger auf die Folter!«, rief ich.

Holmes Bruder räusperte sich, griff nach dem Tee und trank einen Schluck davon, aber schwieg sich weiter aus. Zuletzt zog er seine goldene Uhr hervor, öffnete sie, runzelte die Stirn und sagte: »In drei Minuten sollte mein guter alter Freund Archie an deine Tür klopfen, Sherlock. Ich wäre dankbar, falls du ein paar Minuten dafür erübrigen würdest, dir anhören, was er zu sagen hat. Ich denke, sein Problem wird dir gefallen. Sozusagen ganz deine Kragenweite, wie man das neuerdings wohl auszudrücken pflegt.«

Sherlock sah zu seinem Bruder. »Archie, Mycroft?«

»Sir Archibald Pennyworth, der Architekturkritiker und Kunsttheoretiker hat kürzlich geheiratet. Ist dann auch noch umgezogen. Zwei Katastrophen im Abstand von drei Monaten. Furchtbar anstrengend, nehme ich an. Traf ihn gestern im Club. Wirkte blass. Ungesund.«

Wie aufs Stichwort meldete sich unten Lestrade mit einem freudigen Bellen und dann hörten wir Mrs Hudson einen Gast begrüßen.

* * *

Der Gentleman, welcher gleich darauf etwas zögerlich in Holmes Wohnzimmer trat, war etwa vierzig Jahre alt, mittelgroß und schlank. Seine weichen Augen waren blaugrau und seinen Mund verdeckte ein dichter rotblonder Schnurrbart.

»Archie«, nickte Mycroft ihm zu, ohne sich wie es die Höflichkeit eigentlich erfordert hätte, aus seinem Sessel zu erheben.

»Mycroft«, antwortete unser Gast und begrüßte dann auch Holmes und mich mit seiner angenehm modulierten Stimme. Holmes versicherte ihm, dass er sich auf unsere Diskretion verlassen dürfe und daher ganz offen sprechen könne.

Sir Pennyworth reichte diese Versicherung offenbar immer noch nicht, um seinem Herzen Luft zu machen. Denn er warf mir einen beinah schon verdächtig misstrauischen Blick zu.

»Watson ist Sherlocks Schatten, Archie, und Sherlock ist mein Bruder. Du wirst dir den Weg doch nicht umsonst gemacht haben, was, alter Junge?«, sprach Mycroft Sir Pennyworth Mut zu. Obwohl ich den Verdacht hegte, dass er mehr von sich selbst als von unserem Gast sprach, als er andeutete, wie bedauerlich es sei, wenn er sich etwa umsonst aus seinem Club hierherbemüht hätte.

Sir Pennyworth streifte seine Handschuhe ab und legte sie zu Zylinder und Stock auf einen Tisch.

»Sie müssen wissen, Mister Holmes, ich habe mir eine gewisse Reputation geschaffen. Mein Name hat unter Architekten und Ingenieuren durchaus Gewicht …«, sagte Sir Pennyworth leise und fuhr mit zunehmender Leidenschaft fort uns darzulegen, dass er unter Architekten und Architekturkritikern den Ruf eines geradlinigen Verfechters modernster Methoden und Designs genoss.

»Sehen Sie sich nur einmal in London um, Mister Holmes. All diese Türmchen, Erker und Spitzbogen, die man heute baut, aufgepfropft auf die modernsten Stahlgerüstkonstruktionen. Das ist mehr als schlechtes Design, Mister Holmes. Ich nenne das ganz unumwunden einen Schwindel und Betrug.«

Nun gut.

»Sie sind kürzlich umgezogen, wie mir Mycroft mitteilte. In ein Haus in Paddington. Ihr Hausmädchen ist noch nicht lange bei Ihnen. Sie haben keine Kinder aus erster Ehe und bedauern das. Doch Ihre zweite Frau steht Kindern wohl offener gegenüber.«

Wieder einmal wurde ich Zeuge einer Vorführung von Sherlocks so eindrucksvoller Kunst der Deduktion. Auf Sir Pennyworth hatte sie den üblichen Effekt. Sherlocks Schlüsse machten den Mann sprachlos.

»Hat's dir die Sprache verschlagen, Archie? Tsss … Tsss … Tsss … Er ist mein Bruder, was hast du erwartet?«, sagte Mycroft ziemlich leichthin.

Sherlock sonnte sich einen Augenblick in Pennyworths Erstaunen. Nur allmählich gelang es Sir Archibald, sich von dem leichten Schock, in den Holmes Schlüsse ihn versetzt hatten, zu erholen.

»Ihr Mantel weist jene ungewöhnliche Falten auf, die entstehen, wenn ein ungeübtes Hausmädchen einen Männermantel etwas ungeschickt auf einen Bügel zieht. Da es sich bei ungeübten Hausmädchen in aller Regel um Anfängerinnen in ihrer Profession handelt, schloss ich daraus, dass Sie Ihr Mädchen offenbar erst vor kurzem eingestellt haben.«

»Oh, sie ist die Großnichte unserer Köchin und erst neulich aus Liverpool eingetroffen, wo sie in einer Weberei gearbeitet hat. Meine Frau hat sie ein wenig unter ihre Fittiche genommen.«

Mycroft warf seinem Bruder einen amüsierten Blick zu. »Dass du kinderlos bist, Archie, hat er aus der Zeitung entnommen. In der *Times* war erst kürzlich ein Artikel über deine Hochzeit und Sherlock ist eifriger Leser der Klatschspalten.«

»Sehr richtig«, bestätigte Sherlock. »Der Wert der Gesellschaftsspalten für die Lösung von Verbrechen wird immer noch sträflich unterschätzt. Doch Sir Archibald, wie ich annehmen darf, sind Sie nicht hierher gekommen, um über Hausmädchen zu plaudern?«

Zunächst stockend, doch zunehmend sicherer werdend, legte Sir Archibald die Umstände dar, die ihn in die Räume meines alten Freundes geführt hatten.

Demnach hatte er sich schon während seiner sechsmonatigen Verlobungszeit mit seiner späteren Frau nach einem neuen Wohnsitz umgesehen. Dabei stieß er auf zwei alte Häuser in Paddington, die, halb verfallen, seit Jahrzehnten leer standen. Da ihm die Lage der Häuser gefiel und deren erbärmlicher Zustand erstaunte, zog er Erkundigungen ein und erfuhr, dass eines der beiden Häuser einst der Mary Bennet gehörte, einer berühmten Kindermörderin, die man vor über vierzig Jahren wegen ihrer Verbrechen gehängt hatte. Die Nachbarn, ehrenhafte Leute allesamt, und sogar der Makler, welcher Sir Pennyworth die beiden Häuser später verkaufte, behaupteten, dass in ihnen die Geister von Mary Bennets Opfern spukten, weswegen die Häuser auch so viele Jahre leer gestanden hätten. Der wackere Sir Pennyworth gab jedoch nichts auf solche Geschichten. Dies war immerhin das Zeitalter der Vernunft – Geister und Gespenster hatten darin keinen Platz. So erwarb er die beiden Ruinen, ließ sie abreißen und errichtete auf deren Grund nach seinen eigenen Plänen ein neues Haus.

»Zwei Monate wohnen wir darin und alles war zu unserer vollsten Zufriedenheit, Mister Holmes.«, erklärte er. »Doch seit vier Tagen hat sich unser Haus in eine Hölle verwandelt, deren innerster Kreis mein Arbeitszimmer darstellt. Es begann damit, dass ich eines Morgens feststellte, dass bestimmte Papiere auf meinem Schreibtisch durchwühlt worden waren. Sie müssen wissen, ich bin sehr akkurat mit meinen Papieren. Zwar fehlte nichts – das habe ich sofort überprüft – doch waren sie zweifelsfrei durchsucht worden. Nun ist es aber so, dass die Tür meines Arbeitszimmers mit zwei neuen Chubbschlössern gesichert ist, und auch die Fenster des Raums sind mit kräftigen Ziergittern versehen. Weder Schlösser noch Fenster wiesen Spuren von Manipulationen auf. Sogleich unterzog ich das Personal einer strengen Befragung. Doch sie alle schworen mir hoch und heilig, keines meiner Papiere angefasst zu haben. Ich habe keinen Grund, einem von ihnen zu misstrauen. Butler, Köchin und Bursche sind mir treu ergeben und seit Jahren bei mir angestellt, und das neue Mädchen … nun ja … sie hätte keinen Grund gehabt, meine Papiere zu durchwühlen. Außerdem ist sie meiner Frau ja so rührend dankbar, sie eingestellt und unter ihre Fittiche genommen zu haben. Ein Rätsel, dachte ich. Doch am selben Abend, meine Frau war bei einer Gesellschaft und ich arbeitete bis fast Mitternacht in meinem Arbeitszimmer an einem Artikel für das *Journal of Architecture*, hörte ich diese Geräusche. Ein unregelmäßiges Klopfen und Scharren, das von allen Seiten her auf mich eindrang und mich bis aufs Mark erschreckte. Seit vier Tagen, Mister Holmes, ist es nun Nacht für Nacht dasselbe. Wohlgemerkt beschränkte sich dieser Spuk nur auf mein Arbeitszimmer. Das befindet sich jedoch auf dem Grund, den früher das

Haus der Mörderin Mary Bennet einnahm.« Sir Pennyworth verstummte und fiel verzweifelt und kraftlos in Holmes Sessel. Mycroft warf ihm einen langen bedauernden Blick zu.

»Ich bin am Ende meiner Weisheit, Mister Holmes! Mein guter Name steht auf dem Spiel. Ich bin ein vernünftiger Mann und ich habe mir mit meinen sehr klaren Ansichten zur Architektur und Ästhetik so einige Gegner geschaffen. Sollten sie von meiner irrationalen Angst vor Gespenstern erfahren, werden sie sicher nicht zögern, meinen guten Namen in den Schmutz zu ziehen und lächerlich zu machen. Ich weiß nicht, was ich getan hätte, wäre mir nicht gestern im Club Mycroft über den Weg gelaufen, der mir riet, mich mit Ihnen in Verbindung zu setzen.«

Sherlock war ganz offensichtlichz fasziniert von Sir Archibalds Erzählung. Sie bot ein Rätsel so ganz nach seinem Geschmack. Er legte die Fingerspitzen aneinander, schloss die Augen und versank für einen Moment in tiefer Konzentration.

»Sie sagten, nicht nur Ihre Papiere seien durchwühlt gewesen, sondern dass überdies auch Möbel verrückt worden waren?«, fragte Sherlock.

Sir Pennyworth sah auf und nickte eifrig.

»Ja, Mister Holmes. Jedes Mal. Zwei Sessel, ein Rauchtischchen und einmal auch mein Schreibtischstuhl.«

»Interessant, Sir Archibald, höchst interessant«, flüsterte Holmes und sah Sir Pennyworth dann durchdringend an. »Ihnen ist klar, dass Sie mir die ganze Wahrheit sagen müssen, wenn ich Ihnen helfen soll. In diesem Arbeitszimmer befinden sich nicht nur Bücher und Papiere, sondern auch ein Safe, nicht wahr? Dieser Safe enthält zweifellos Lady Pennyworths Familienschmuck, genauer gesagt, den berühmten Montclair-Rubin, den Ihre Frau zur Hochzeit trug.«

Sir Pennyworth starrte Holmes entgeistert an und stammelte: »Woher wissen Sie das … Wieso … Keiner … Jeder glaubt doch, dass er im Schließfach in der Bank …«.

Holmes beruhigte Sir Pennyworth mit einer Geste. »Das lag auf der Hand, Sir Archibald. Weshalb Gitter vor den Fenstern eines Arbeitszimmers und gleich zwei Chubbschlösser an dessen Tür – wirklich nur, um darin die Notizen eines Architekturkritikers aufzubewahren? Schwerlich. Was, fragte ich mich, könnte sonst all den Aufwand rechtfertigen. Es ist auch gar nicht die Häme Ihrer Kollegen und Gegner, die Sie so sehr fürchten, sondern der Zorn und die Enttäuschung Ihrer Frau, sollte ihr Familienschmuck aus Ihrem Arbeitszimmer gestohlen werden. Denn dort bewahren Sie ihn schließlich auf, nicht wahr? «

Deutlich niedergedrückt bestätigte Sir Pennyworth Holmes Vermutung. »Sie traut den Banken einfach nicht, Mister Holmes. Ich habe alles versucht, sie davon zu überzeugen, dass der Stein in einem Schließfach der Bank of England wesentlich sicherer aufgehoben sei. Doch meine Frau will partout nichts davon hören. Sie bestand darauf, dass ich einen Safe einbauen ließ. Also setzte ich mich mit Blofeld & Co in Verbindung, die mir ihr neuestes Safemodel in meinem Arbeitszimmer installierten. Dieser Safe, so versicherte man mir, sei absolut einbruchsicher, Mister Holmes. Und er war jedes Mal völlig unberührt. Das habe ich gleich überprüft, nachdem ich die rätselhaften Vorgänge in meinem Arbeitszimmer bemerkte.«

»Sie haben recht daran getan, sich an mich zu wenden, Sir Archibald. Doktor Watson und ich werden alles in unserer Macht Stehende versuchen, jenes seltsame Rätsel zu lösen«, verkündete Holmes.

So sehr die Kälte und Arroganz meines alten Freundes mir zuweilen auch auf die Nerven fallen mochten, ich hätte in jenem Augenblick an keinem anderen Ort der Welt sein wollen als gerade hier in Holmes Wohnung. Ein mir altbekannter und sehr typischer Glanz kroch in Holmes Augen. Er straffte sich, griff nach seinem Staubmantel, dem Hut, dem Stock und sah zu mir herüber.

»Watson? Ich nehme an, Sie haben ihren Revolver dabei?«

Ich klopfte lächelnd auf meine Manteltasche.

»Worauf warten Sie noch, Gentlemen? Auf nach Paddington. Das Spiel hat begonnen!«, rief Holmes und war schon halb die Treppe heruntergestürmt.

Mycroft und Sir Pennyworth sahen ihm mit offenbar etwas gemischten Gefühlen hinterdrein.

»Diese Anfälle übertriebener Energie bei ihm sind so unenglisch. Muss das französische Blut unserer Mutter sein, das ihm dabei zu Kopfe steigt. Vater hätte solche Hektik jedenfalls niemals toleriert«, flüsterte Mycroft, bevor er sich ächzend aus dem Sessel stemmte und gemessenen Schrittes Pennyworth und mir die Treppe hinab zur Baker Street hinaus folgte.

»Seltsam, nicht?«, Sir Pennyworth wies aus dem Kutschfenster auf die schwärzlich verfärbte Ziegelwand eines Lagerhauses, auf dem irgendwer sicherlich erst kürzlich

Ragnarök is coming...

gepinselt hatte. Die weiße Kalkfarbe war verlaufen und glänzte frisch. Man sah diesen Spruch in letzter Zeit überall an Hauswänden, vom Eastend bis nach Hampstead hinaus.

»Es heißt, es sei Werbung für ein neues Theaterstück, in dem der große Irving auftreten wird«, bemerkte ich.

»Dennoch … unheimlich. Zumal hält man sich erst einmal vor Augen, was es bedeutet. Nämlich die Wolfszeit, den Tod der alten Götter, das Ende der Welt«, flüsterte Sir Pennyworth.

»Schluss mit den düsteren Gedanken, Archie. Nichts mehr von alten Göttern, Wölfen und dem Ende der Welt«, forderte Mycroft ihn ungewöhnlich scharf auf, bevor er wieder stumm in seinen Gedanken versank.

Mycroft verließ uns, um sich entweder in den Club oder seine Wohnung zu begeben. Was sein Ziel betraf, blieb er auch an diesem Nachmittag vage.

Sherlock sah seinem Bruder still nach. Es war mir unmöglich zu erraten, welche Gedanken ihn dabei beschäftigten.

»Da Ihre Frau sich derzeit auf dem Land aufhält, Sir Archibald, gehe ich davon aus, dass sie bisher noch nicht über die Vorfälle in Ihrem Haus informiert ist?«, wandte er sich jedoch gleich darauf an unseren neuesten Klienten.

»Woher können Sie wissen, dass sie auf dem Land ist, Mister Holmes? Ein neuer Ihrer teuflischen Tricks?«

»Weder ein Trick noch Zauberei, Sir Archibald, sondern schlichte Beobachtung. Sie haben Lady Constance in Ihrer Schilderung vorhin kaum erwähnt, was sich, wie ich erwarten darf, ganz anders verhalten hätte, sollte sie sich in London befinden und Sie akute Gefahr laufen würden, ihr womöglich demnächst von Angesicht zu Angesicht gestehen zu müssen, dass der Montclair-Rubin gestohlen worden ist. Ach, und außerdem war da noch die *Times*, in der erst vor zwei Tagen zu lesen gewesen war, dass Lady Constances Mutter erkrankt sei. Aber da sie in Doncaster lebt, waren keine großen geistigen Sprünge nötig, um aus beiden Fakten auf die derzeitige Abwesenheit Ihrer Frau zu schließen.«

Ich hatte den Effekt von Holmes Kunst der Deduktion schon an vielen Gesichtern ablesen können und dennoch war es jedes Mal aufs Neue überraschend zu sehen, wie sich anfängliches Erstaunen, zuweilen gar Erschrecken allmählich in zurückhaltende Bewunderung verwandelten. Und Sir Pennyworth machte da keine Ausnahme.

Der gewöhnlich so tückische Londoner Verkehr war uns gnädig gewesen, sodass wir Sir Archibalds Haus rascher erreichten, als erhofft.

Es war ein zweistöckiges und ungewöhnlich schlicht gestaltetes Haus. Ich fragte mich, was uns hinter seinen Fenstern, Mauern und zierlichen Gittern erwarteten mochte.

»Willkommen, Gentlemen!«, sagte Sir Archibald, während er Holmes und mir zuvorkommend die Kutschtür öffnete.

* * *

Im Haus, dessen Inneres ebenso zweckmäßig und auf schlichte Art elegant war wie sein Äußeres, forderte Holmes Sir Archibald auf, ihm möglichst exakt die Abläufe seiner täglichen Routine zu schildern.

Sir Archibald stand demnach recht früh auf, nämlich gegen 6.30 Uhr, und verbrachte dann die ersten Stunden des Tages allein in seinem Arbeitszimmer.

Gegen 9.40 Uhr frühstückte er dann gemeinsam mit seiner Gattin, bevor er sich etwa um 11 Uhr zurück in sein Arbeitszimmer begab, wo er sich bis zum Lunch um 13.30 Uhr den laufenden Geschäften, vor allem der inzwischen eingetroffenen Morgenpost, widmete.

Nach dem Lunch hielt er einen Mittagsschlaf, den er gewöhnlich gegen 15 Uhr beendete. Seinen Tee nahm er dann im Arbeitszimmer ein, das er zum gemeinsamen Abendessen mit seiner Frau gegen 19.30 Uhr wieder verließ. Anschließend verbrachten die beiden den Rest des Abends bis etwa 22 Uhr im Salon, wo sie die Zeitungen durchsahen, miteinander Konversation trieben oder Romane lasen. Lady Constance ging pünktlich 23 Uhr zu Bett, wohin ihr Sir Archibald nach einer weiteren Stunde – allein in seinem Arbeitszimmer – folgte.

Holmes bestand darauf, dass Sir Archibald ihm nacheinander sämtliche Räume des Hauses vorführte, und zwar in der Abfolge, die seiner täglichen Routine entsprach, also angefangen mit dem Schlafzimmer, über Arbeitszimmer, Esszimmer, Salon und so weiter. Auf dem Weg durchs Haus, begleitet von Sir Archibalds Butler, der den etwas merkwürdigen Namen Blake Edwards trug, verlor Holmes kein Wort. Nur blieb er ab und an stehen, um sich dieses oder jenes Detail der Einrichtung näher anzusehen.

Nachdem dieser Rundgang zu einem Ende gekommen war, bestand Holmes darauf, dass Sir Archibald ihn nunmehr in das Arbeitszimmer führte, welches von jenem mysteriösen Spuk heimgesucht wurde. Es lag im zweiten Stock des Hauses und war von einem kurzen Korridor aus zu erreichen.

Holmes zückte sogleich seine Lupe und untersuchte eingehend die Tür und deren fabrikneue Schlösser. Da er nichts dazu verlauten ließ, nahm ich an, dass diese ihm keine neuen Erkenntnisse vermittelt hatten. Auf Sir Archibald schien Holmes kühle, wissenschaftliche Herangehensweise an das Problem eine beruhigende Wirkung zu entfalten. Er wirkte jetzt um einiges ausgeglichener als zuvor in Holmes Salon in der Baker Street.

Sir Pennyworths Arbeitszimmer entsprach dem Mann, der darin seine Tätigkeit nachging. Es war von drei hohen Fenstern zur Straße hinaus erhellt, etwa sechseinhalb Fuß hoch und quadratisch im Grundriss. Die Einrichtung war zweckmäßig, ohne schmucklos oder gar nüchtern zu wirken.

Neben einem gepolsterten Schreibtischstuhl und dem großen Schreibtisch, auf dem sämtliche Dokumente, Nachschlagewerke und Akten penibel geordnet waren, enthielt der Raum zwei Clubsessel aus braunem Leder, einen runden Rauchtisch und zwei mächtige, offenbar antike Bücherschränke aus dunkler Eiche, die fast bis zur Zimmerdecke hinaufreichten und mit Werken zu Weltgeschichte, Kunst und Architektur angefüllt waren.

Dem Schreibtisch gegenüber in der rechten Zimmerecke befand sich der Safe der Firma Blofeld & Co. Er war ein massives dunkelgrünes Ungetüm, das mit Stahlbolzen sowohl in die Zimmerwand als auch in den Fußboden zusätzlich gesichert worden war. An den Wänden hingen neben einigen Gemälden auch zwei große Baupläne moderner Stadthäuser.

Holmes holte ein Maßband und seine Lupe hervor, legte sie auf dem Rauchtisch ab und begann dann sehr konzentriert einen ersten Rundgang durch den Raum. Er wiederholte diesen Rundgang und blieb schließlich vor dem Kamin stehen, in dem nur ein wenig alte Zigarrenasche lag, was nicht nur Holmes erstaunte. »Weshalb wird der Kamin nicht genutzt, Sir Pennyworth? Es war doch recht kühl die vergangenen Tage.«

»Das Haus ist mit Lüftungsschächten versehen … hier und hier …«, antwortete Sir Pennyworth und wies dabei auf zwei etwa eineinhalb Fuß große und mit Ziergittern versehene Öffnungen über dem Kamin. »Wenn die Köchin morgens Feuer macht, wird über die Schächte Wärme ins Arbeitszimmer, den Salon und den Frühstückraum geleitet. Ich darf sagen, dass ich das System selbst entworfen habe und es sich als sehr nützlich erweist. Ich brauchte den Kamin deshalb bisher gar nicht. Ich bin sicher, diese neuen zentralen Heizungen werden sich sehr rasch überall durchsetzen, Mister Holmes.«

Holmes sah in den Kamin, kratzte mit dem Finger an dessen Abzug herum und betrachtete dann, was er da gefunden hatte – ein wenig trockenen Putz.

»So, so«, sagte er. »Der Kaminabzug ist mit einem Gitter versehen?«

Sir Pennyworth bestätigte das. »Es ist völlig unmöglich, durch den Abzug ins Haus oder gar diesen Raum zu gelangen. Dies war eine der Sicherheitsvorkehrungen, auf die der Vertreter von Blofeld & Co mich aufmerksam machte. Ich habe sie genauso umsetzen lassen, wie er sie mir empfahl.«

Holmes legte einen Augenblick Ring- und Zeigefinger auf seine Lippen und sah sich konzentriert in dem Zimmer um.

»Zeigen Sie mir, welche Möbel verrückt worden waren«, forderte er Sir Archibald auf.

Der Hausherr wies auf die beiden Sessel, den Rauchtisch und jenen gepolsterten Schreibtischstuhl.

»Es waren in jedem Fall nur wenige Zentimeter, Mister Holmes. Doch ich bin Architekt. Ich habe ein sehr genaues Auge für die Proportionen und Perspektiven eines Raums und die Standorte der Möbel darin.«

Holmes ergriff die Lupe, ließ sich auf die Knie nieder und kroch zwischen den Sesseln, dem Rauchtisch und Sir Archibalds Schreibtisch herum. Irgendwann stand er wieder auf, klopfte sich etwas Staub von den Hosen und sagte: »Interessant, Gentlemen. Sehr interessant.«

Anschließend widmete Holmes einige Augenblicke dem genauen Studium der beiden Blumenvasen im Raum und erkundigte sich, wie oft die Blumen darin ausgetauscht wurden.

»Jeden Morgen, Mister Holmes«, erläuterte der Hausherr. »Ich bestehe darauf. Ich mag Blumen. Sie sind schön auf eine Weise, wie es Architektur eines Tages sein sollte, grazil, farbenfroh und dennoch stark genug, um in ihrem natürlichen Habitat Wind und Wetter zu überstehen.«

Holmes nickte und setzte seine Untersuchung wortlos fort.

Weder Sir Pennyworth noch ich selbst hätten sagen können, was genau Holmes an Blumen, Rauchtisch und Kamin für derart interessant hielt. Doch da er sich zunächst nicht weiter darüber ausließ, blieb uns weiter nichts, als unsere Neugierde zu zügeln.

»Ich hätte jetzt gern das Personal gesprochen, Sir Archibald. Einzeln nacheinander. Beginnend mit der Köchin. Und möglichst ungestört. Angestellte tendieren dazu, ohne ihre Herrschaft offener zu sprechen.«

Sir Pennyworth stellte Holmes den Raum neben der Küche zur Verfügung, in dem das Personal seine Mahlzeiten einnahm.

Da die Köchin zeitweise unabkömmlich beschäftigt war, änderte Holmes die Abfolge der Befragung und begann mit dem Butler Edwards. Der bestätigte, dass

Sir Archibald in den letzten Tagen aufgeregt und zerstreut gewesen sei, doch darauf bestand, dass er selbst weder Anzeichen eines Spuks festgestellt habe, noch sich erklären könne, was mit den Papieren und Möbeln im Arbeitszimmer vorgegangen sei.

Holmes entließ den Mann und wandte sich Sir Pennyworths Burschen Jackson zu, einem flachbrüstigen jungen Mann mit blauen Augen und schwitzigen Händen. Aber auch dessen Angaben warfen kein neues Licht auf das Rätsel um jenen Spuk.

Dem Burschen folgte das Dienstmädchen Sarah Simpson, das verunsichert, und beinah den Tränen nahe, zunächst immer wieder beteuerte, sie wisse von nichts und sei ja so froh, von Lady Pennyworth eingestellt worden zu sein.

Der einzig bemerkenswerte Punkt an ihrem Bericht schien, dass man vor zwei Tagen am Lieferanteneingang auf der linken Hausseite eine Schmiererei gefunden hatte. Zusammen mit der Köchin Rachel Connor habe sie die Worte von Tür und Hauswand gewischt.

Holmes, dessen kühles Desinteresse für das schönere Geschlecht mir besonders zu Beginn unserer Freundschaft doch recht befremdlich schien, erwies sich der aufgelösten Sarah gegenüber als ungewöhnlich einfühlsam und verständnisvoll, beinah schon charmant. »Sarah, erinnere dich, wann genau tauchten diese Worte am Lieferanteneingang auf?«

»Ich glaube, es war am Mittwochmorgen, also vor zwei Tagen, Mister Holmes, Sir. Aber ganz genau weiß ich's nicht mehr, da müssen Sie Miss Rachel fragen, Mister Holmes. Irgendwas Ausländisches stand da. Wir mussten's ja wegmachen, Mister Holmes, Sir. Ich hab gehört, wie sich Miss Thompson, die Gouvernante von nebenan, mit Miss Rachel drüber unterhalten hat, dass bei ihnen auch irgendwer über Nacht was ans Haus gepinselt hatte. Und der Kutscher von Mister Holroyd, rechts die Straße runter in dem großen braunen Ziegelhaus, der hat, glaub ich, überhaupt als erster drüber geflucht.«

Ich schrieb auf Holmes Kopfnicken hin »Ragnarök is coming…« auf einen Zettel und reichte ihn Rachel herüber. Sie las, was da stand, indem sie jedes Wort einzeln leise vor sich hinmurmelte. Bei dem Begriff ›Ragnarök‹ stutzte sie und brauchte drei Anläufe.

»Genau das hat da gestanden, Mister Holmes. Ganz genau das …«, Sarah wies auf den Zettel und den Begriff ›Ragnarök‹.

Holmes bedankte sich bei dem Mädchen, versicherte ihr, sie hätte keinen Grund, sich Sorgen zu machen, und bat sie, Miss Rachel, die Haushälterin, hereinzuschicken.

Miss Rachel Connor war eine energische Schottin mit hängenden Augenlidern und knotigen Fingern. Sie war nicht halb so nervös und aufgeregt wie das Mädchen. Von der sie beinah schnippisch behauptete, sie sei in letzter Zeit sogar noch ungeschickter als gewöhnlich, da sie bereits zweimal vergessen hätte, vorm Zubettgehen die beiden Wassertöpfe nachzufüllen, welche dazu dienten, das Wasser für Sir Pennyworths Morgentoilette so anzuwärmen, wie er es gerne hatte.

Davon abgesehen, bestätigte sie deren Aussagen in Bezug auf die Schmiererei und konnte darüber hinaus nichts Neues zu Holmes Ermittlung beisteuern.

Holmes zündete sich eine seiner Zigaretten an, die er sich bei Emilio Largo & Associates in der Bond Street nach eigenen Vorgaben anfertigen ließ.

»Ein recht ergiebiger Nachmittag, Watson«, vermeldete er geheimnisvoll und erkundigte sich dann nach meinen Plänen für den Abend. Dass ich keine hatte, schien ihn zu erheitern.

»Dann, mein lieber Watson, schlage ich vor, dass wir den Abend gemeinsam hier in Sir Archibalds Haus verbringen. Ich bin recht zuversichtlich, dass es uns dabei nicht langweilig werden wird.«

Holmes warf seine zu Ende gerauchte Zigarette in den Küchenofen. »Doch zuvor – ein Telegramm an unseren alten Freund Inspektor Lestrade«, sagte er, ergriff ein Stück Papier und warf einige Zeilen darauf, dann faltete er es zusammen und schickte den Hausburschen damit zum nächsten Telegrafenamt.

Sir Pennyworth war während Holmes Befragungen nervös in der Halle des Hauses auf und ab geschritten.

Er trat aufgeregt zu uns heran, sobald wir die Halle betraten.

»Und, Mister Holmes?«, rief er.

»Es sind gewisse Fortschritte zu verzeichnen, Sir Archibald. Ich erwarte in wenigen Minuten einen alten Bekannten von Scotland Yard, der mir ein wenig helfen wird.«

»Scotland Yard – Holmes! Ich kann doch diese Geschichte nicht mit irgendeinem dahergelaufenen Constable teilen! Meine Reputation steht auf dem Spiel! Mein Seelenheil!«, rief Sir Pennyworth atemlos vor Ärger und Überraschung aus.

Holmes beruhigte ihn.

»Wäre dieses Haus tatsächlich von einem Spuk heimgesucht, Sir Archibald, hätte ich mir niemals die Freiheit genommen, Scotland Yard hinzuzuziehen. Doch Sie sind nicht Opfer eines Spuks geworden, sondern eines Verbrechens. Eines Verbrechens, das, wie ich hinzufügen will, jetzt, in dieser Minute, immer noch im Gange ist. «

Es klopfte. Der Butler trat zur Tür, öffnete sie und führte den Besucher herein.

»Lestrade!«, rief Holmes und sah befriedigt, dass Lestrade drei Constables in die Halle folgten.

Der Inspektor nickte Holmes knapp zu, widmete mir jedoch nicht einmal diese geringste Form der Höflichkeit und erkundigte sich »welche Sache Holmes hierhergeführt hätte«.

Holmes stellte den Inspektor dem Hausherrn vor und erklärte dabei, was er von ihm erwartete. »Ein Verbrechen ist hier im Gange, Lestrade. Ich bin noch nicht soweit, wirklich alle Einzelheiten zusammenzufügen, doch wird mir dies mit etwas Glück spätestens heute Nacht gelingen. Bis dahin hoffe ich, dass Sie mir den Gefallen erweisen, sich zusammen mit einem Ihrer Männer in Sir Pennyworths Arbeitszimmer einschließen zu lassen, wo Sie freundlicherweise alle zwanzig Minuten einen Pfiff mit Ihrer Polizeipfeife ausstoßen.«

Holmes klopfte Lestrade väterlich auf die Schulter, was dem Inspektor offensichtlich nicht sonderlich gefiel.

»Was Ihre übrigen Männer anlangt, so sollte sich einer von ihnen im Hof vor dem Lieferanteneingang postieren, während der andere die Haustür bewacht.«

Lestrade hatte bereits genügend Erfahrung mit Holmes zuweilen exzentrisch anmutenden Anweisungen gesammelt, um diese jetzt nicht erst lange zu hinterfragen. Er teilte den Constables ihre Posten zu und ließ sich von Edwards den Weg zum Arbeitszimmer zeigen.

Sir Pennyworth hatte all dem in einer Mischung aus Verwunderung und Überraschung wortlos beigewohnt.

»Und ich, Holmes? Welche Rolle haben Sie *mir* in Ihren Plänen zugedacht?«, erkundigte er sich, sobald Lestrade und die Constables sich auf ihre Posten begeben hatten.

»Nun, da der brave Inspektor alles unter Kontrolle hat, dachte ich, wir nehmen einen Lunch, wie wäre es mit einem schönen Steak im Connaught? Ich bin schon ganz gespannt auf den neuesten Klatsch aus der Welt der Architektur«, schlug Holmes vor.

Doch Sir Archibald war zu aufgeregt und angespannt, um das Rätsel des Spuks nun einfach so ignorieren zu können, und erkundigte sich daher bei Holmes, ob er denn wenigstens einen ersten Hinweis zur Lösung zu geben bereit sei.

»Wasser, Sir Archibald. Ich denke, Wasser ist der Schlüssel, der uns zur Lösung führen muss«, lautete die wenig erhellende Antwort meines alten Freundes.

Noch während wir Sir Pennyworths Vorgarten zur Straße hin durchquerten, ertönte der erste Pfiff aus Lestrades Polizeipfeife, die gewöhnlich dazu gedacht war, in Notfällen Verstärkung herbeizurufen.

Das Steak im Connaught war exzellent wie immer und angesteckt von Holmes Zuversicht schien nach einiger Zeit sogar Sir Archibald das mysteriöse Gespenst im Arbeitszimmer vergessen zu haben, denn er unterhielt uns bald aufs Beste mit Geschichten aus der bunten Welt von Kunst und Architektur.

* * *

Nach dem Lunch, der sich bis in den Vorabend hinzog, stattete ich meinem Zuhause einen Besuch ab, um mich frisch zu machen und meiner Frau mitzuteilen, dass alles seine Ordnung hatte.

Gegen acht traf ich wieder in Sir Pennyworths Haus ein, wo ich Sherlock bereits vorfand, der in eine Konversation mit Lestrade vertieft war. Gegenstand ihrer Unterhaltung war die von Holmes entwickelte Wissenschaft der Deduktion. Ein regelrechtes Gespräch war es auch gar nicht, was die beiden da führten, denn Lestrade lauschte einfach nur Holmes Ausführungen, ohne selbst etwas dazu beizutragen.

Seit ich mich vor einigen Monaten entschlossen hatte, meinen jungen Bullterrier den Namen Lestrade zu geben, war das Verhältnis zwischen dem Inspektor und mir auf einen neuen Tiefpunkt gesunken. So wurde ich auch bei unserer zweiten Begegnung an jenem Tag von ihm schnöde links liegen gelassen, gerade einmal, dass er sich zu einem steifen Begrüßungsnicken herabgelassen hatte.

Holmes hatte Sir Pennyworth angewiesen, das Arbeitszimmer in jener Nacht zu meiden, sodass sich der Hausherr gemeinsam mit Holmes und mir gleich nach dem Supper in den Salon zurückzog, während Lestrade und seine Constables weiterhin tapfer ihre verschiedenen Posten besetzten. Pünktlich alle zwanzig Minuten ertönten Lestrades Pfiffe. Holmes schien durchaus zufrieden damit, wie exakt Lestrade seine so exzentrische Anweisung befolgte.

Da Holmes sich weiterhin weigerte, irgendwelche Erklärungen zu dem Rätsel abzugeben, das uns hier zusammengeführt hatte, wurde es eine recht wortkarge Runde in Sir Pennyworths Salon.

Gegen zehn fand der Hausherr es angebracht, sich in sein Schlafzimmer zurückzuziehen. Holmes hielt dies für den rechten Zeitpunkt, dass auch wir unsere Posten bezogen. »Solange Lestrade sich auf seinem Posten im Arbeitszimmer befindet, halte ich es für das Beste, dass wir beide uns in die Küche begeben, Watson. Es wird sicherlich eine lange Nacht. Doch sie wird, wie ich hoffe, nicht ganz ergebnislos verlaufen«, sagte er.

»Was ist es, dem wir uns heute Nacht gegenübersehen werden, Holmes?«, erkundigte ich mich, während ich nach dem Revolver in meiner Tasche fühlte.

»Jedenfalls kein Gespenst, Watson. So viel ist sicher«, lautete Holmes rätselhafte Antwort.

Das Hauspersonal, dem von Sir Pennyworth eingeschärft worden war, sich genauso zu verhalten wie immer, hatte sich in seine Kammern zurückgezogen.

Abgesehen von den Schritten der Constables vor den Türen und Lestrades Pfiffen war es still geworden im Haus.

Ich hätte erwartet, dass Holmes die Tür zum Korridor im Auge behielt, der zum Lieferanteneingang, beziehungsweise zu Esszimmer und Wohnzimmer, führte. Doch soweit ich das ausmachen konnte, schien er sich auf den großen Ofen der Küche zu konzentrieren. Ich fand dies ein wenig seltsam. Aber so oft ich Holmes darauf anzusprechen versuchte, bedeutete er mir mit einer unwirschen Geste still zu sein.

Es war weit nach 1 Uhr, als ich das unheimliche Kratzen und Scharren zum ersten Mal hörte. Dumpf und unregelmäßig schien es direkt aus der Küchenwand heraus auf uns zuzukommen.

Ich war mir sicher, dass wir es mit einem Tier zu tun hatten. Sehr wahrscheinlich einem trainierten Affen, der sich durch die Gitter eines der Fenster herein zwängte und von seinem Herrn dahingehend abgerichtet worden war, dass er sich selbstständig durchs Haus bewegte, um dort alle glänzenden und schimmernden Gegenstände zu ergreifen, die ihm unter die Augen kamen. Ich hatte einst in einem Zirkus die Vorführung eines Schimpansen gesehen, der so geschickt gewesen war, dass er Freiwilligen aus dem Publikum die Uhren aus den Westentaschen und die Perlenketten vom Hals fingerte, die er anschließend in die Jackentasche seines Dompteurs rutschen ließ.

Holmes berührte meinen Arm.

»Jetzt gilt es, Watson!«, flüsterte er.

Ich zog meinen Revolver hervor. Holmes bedeutete mir jedoch mit einem Kopfschütteln, dass er dies nicht für nötig hielt.

»Auf Gespenster schießt man nicht, Watson!«, zischte er.

Ein Kratzen – wie von Metall über Stein.

Jede Faser in mir war zum Zerreißen gespannt und Holmes konnte es nicht anders ergangen sein. Das Kratzen wurde lauter und ich erkannte, dass es tatsächlich aus der Nähe des großen Ofens erklang.

War es nur ein trügerisches Schattenspiel, oder streckte sich aus dem Lüftungsschacht über dem Ofen plötzlich ein dünner schwarzer Arm?

Holmes Hand umklammerte meinen Arm – sein Zeichen, mich jeglicher Bewegung zu enthalten. Atemlos vor Aufregung und Spannung sahen wir, wie jenem Arm ein kurzes Bein folgte, dem Bein ein zweiter Arm, eine Schulter und schließlich ein von so etwas wie strubbeligem Fell gekrönter Kopf. Die Gestalt war durchgehend schwarz und verströmte einen Geruch nach Urin und kaltem Schweiß.

Was, so fragte ich mich, war das?

Das Wesen sprang vom Lüftungsschacht auf den Ofen, wobei es die beiden dort bereitgestellten Wasserschüsseln nur um einen Inch verfehlte, hockte sich dann auf dem Ofen nieder und trank.

»Verfluchte Schweinerei!«, rief einer der Constables, die draußen im Hof an den Türen postiert waren. Gleich darauf ertönte der durchdringende Pfiff seiner Polizeipfeife.

Das Wesen sprang von der Schüssel auf, wendete den Kopf und – sah sich Holmes gegenüber, der geistesgegenwärtig auf den Ofen zu gesprungen war.

Doch obwohl Holmes das Wesen für einen Augenblick zu ergreifen vermochte, entschlüpfte es seinem Griff und stürmte halb rennend, halb springend durch die Küchentür zum Korridor und von da auf die Tür des Lieferanteneingangs zu.

»Verdammt!«, rief Holmes aus und lief ihm, dicht gefolgt von mir selbst, nach.

Durch die Milchglasscheibe der Tür des Lieferanteneingangs zeichnete sich der typische Schattenriss eines Polizeihelms ab. Das Wesen schreckte nur wenige Fuß vor der Tür zurück, drehte sich um und lief auf das Esszimmer zu, das es durchquerte und so durch zwei weitere Türen in die Halle gelangte.

Inzwischen war das Haus erwacht, ich hörte Lestrades Polizeipfeife und entdeckte am oberen Treppenaufgang eine geisterhaft weiße Gestalt mit einer Kerze in der Hand. Das musste Sir Pennyworths Butler Edwards sein. Jenes schwarze Wesen stürmte – offenbar unsichtbar für Edwards – die Treppe hinauf. Ein heftiges Knacken ertönte aus Richtung des Arbeitszimmers, gleich darauf folgte ein herzhafter Fluch. Das musste der Inspektor sein, der – eingeschlossen – vergeblich versuchte, aus Sir Pennyworths Arbeitszimmer auf den Korridor zu gelangen.

Inzwischen war auch der Hausherr selbst aus seinem Schlafzimmer zur Treppe geeilt und hatte in seinem roten Samtmorgenmantel neben Edwards Aufstellung genommen.

Es schien unmöglich, dass das Wesen jene beiden Männer zu übertölpeln vermochte, zumal Holmes und ich ihm die Stufen hinauf so dicht auf den Fersen waren, dass wir es beinah ergreifen konnten.

Ich hätte erwartet, dass es sein Glück darin versuchte, zwischen Edwards und Sir Pennyworth hindurch zu schlüpfen. Stattdessen sank es auf der vorletzten Stufe nieder, um dann, wie eine in die Enge getriebene Ratte, Edwards an die Brust zu springen. Überrumpelt von dem überraschenden Angriff, stolperte Edwards einige Schritte zurück und stürzte nieder. Nur eine Sekunde, bevor Holmes und ich zu ihm gelangten, hatte sich das Wesen bereits aus Edwards Griff befreit und lief nun auf die Stiege zum Dachboden zu, die es behände hinaufkletterte, um dann durch eine Falltür auf dem Speicher zu verschwinden.

»Da ist ein Dachfenster!«, rief Edwards aus, der sich inzwischen erhoben hatte und hinter Holmes und mir auf die Stiege zulief.

»Lestrade! Warnen Sie die Constables im Hof!«, rief ich, bevor ich mich gleich hinter Holmes durch die Falltür auf den Speicher zwängte. Dort herrschte fast völlige Dunkelheit. Ich hörte Holmes fluchen, als er sich wohl an irgendetwas stieß.

Das Dachfenster war zerbrochen, ein wenig silbrig graues Mondlicht drang hindurch. Es war genug, um zu erkennen, dass unsere Beute uns wieder einmal durch die Finger geschlüpft sein musste.

Holmes streckte seinen Kopf durch die Reste des gefährlich scharfen Glasfensters nach draußen.

»Watson! Es ist vom Dach auf den Baum gesprungen und hat sich von da aus dem Constable am Vordereingang direkt auf den Kopf fallen lassen!«, rief Holmes.

Ich hörte Polizeipfeifen ertönen. Dann Schritte – schnell und schneller werdend.

»Was um alles in der Welt war dieses Wesen, Holmes?«, fragte ich noch immer ein wenig atemlos von unserer wilden Hatz durchs Haus.

»Ein Kaminkehrerjunge, Watson«, sagte Holmes in einem Tonfall, als verkündete er das Offensichtlichste von der Welt.

Dennoch harrten nach der Auflösung jenes Rätsels womöglich sogar noch mehr Rätsel auf ihre Lösung als zuvor. Woher war der Junge gekommen und was konnte er in Sir Pennyworths Küche oder seinem Arbeitszimmer zu suchen gehabt haben, wenn doch der Montclair-Rubin offensichtlich unberührt geblieben war?

Aus dem Arbeitszimmer befreit, verlor Lestrade keine Zeit, einen der Constables mit der Beschreibung des flüchtigen Jungen zu Scotland Yard zu schicken, von wo sie per Telegraph in wenigen Minuten an sämtliche Londoner Polizeistationen weitergegeben werden würde.

Holmes versprach, sämtliche Fragen zu beantworten, solange er nur zuvor Gelegenheit erhielt, noch einmal die Küche zu inspizieren und anschließend ungestört einige Worte mit der Köchin wechseln zu dürfen.

Selbstverständlich sah Sir Pennyworth keinen Grund, Holmes die Erfüllung seiner Bitte abzuschlagen.

Holmes Überprüfung der Küche und sein Gespräch mit der Köchin dauerten nur wenige Minuten. Seine Befragung ließ Miss Rachel in Tränen aufgelöst zurück. Den Kopf beschämt gesenkt, lief sie in ihre Kammer zurück.

* * *

Holmes führte uns in Sir Pennyworths Arbeitszimmer, wo er auf den Safe wies und sagte: »Das war das eigentliche Problem, Gentlemen. Dieser Safe und das, was sich darin befindet. Denn, so fragte ich mich, weshalb war es noch immer unberührt?«

Sir Archibald tauschte einen langen Blick mit Lestrade, der jedoch nur die Achseln zuckte. Es war offensichtlich, dass Sir Pennyworth Holmes Gedankengang nicht ganz folgen konnte.

Holmes steckte sich eine Zigarette an und entließ Rauch aus Nase und Mund. Dann sah er von Pennyworth zu Lestrade.

»In Ordnung, Gentlemen, dann eben von Anfang an«, flüsterte er frustriert. Ich war sicher, dass – abgesehen von mir selbst – auch die beiden übrigen Männer diese Herangehensweise zu schätzen wissen würden.

»Ich glaubte natürlich nie an einen Geist. Dennoch blieb das Rätsel zu lösen, wie jene Geräusche erzeugt worden waren und weshalb. Sicherlich hätten wir es auch mit einer großen Ratte oder Katze zu tun haben können, die sich Sir Pennyworths Arbeitszimmer zum Revier erwählt hatte. Katzen und Ratten verrückten jedoch keine Möbel.« Holmes ergriff ein Blatt Papier von Sir Pennyworths Schreibtisch, lief zu dem Rauchtisch, beugte sich herab und wies auf einen Fleck auf dem Fußboden, den jeder von uns, ohne Holmes Hinweis darauf, glatt übersehen hätte. »Sehen Sie genau hin, Gentlemen. Hier können Sie etwas lernen!« Er breitete das Blatt sehr vorsichtig über den kaum erkennbaren Fleck und strich es dann – womöglich noch sorgsamer – glatt. Anschließend hob er es auf, drehte es um und zeigte es uns anderen.

Was ich darauf sah, war zunächst eine unregelmäßige Anordnung schwärzlich grauer Flecke, die für mich keinerlei Sinn ergab. Doch Holmes griff einen Bleistift und begann dann, die Flecke durch eine dünne Linie zu verbinden. »Erkennen Sie es jetzt, Gentlemen?«

Zweifellos.

Das war der Umriss eines winzigen menschlichen Fußes – obwohl Zehen und Ballen verkrüppelt sein mussten, so nah, wie sie beieinander lagen.

Schlagartig wurde mir klar, wer der Junge war: ein Kaminkehrerjunge. Sie waren in meiner Kindheit und frühen Männerjahren ein häufiger Anblick gewesen, wenn sie hinter ihren Herrn und Meistern von Haus zu Haus gingen, um dort nach Arbeit zu fragen. Jedermann in der Zunft der Kaminkehrer hielt sich damals einige dieser Jungen, die man im Alter von vier oder fünf Jahren aus Armenhäusern, von der Straße weg oder aus den Waisenhäusern herauskaufte, um sie dann von den Dächern aus nur mit einem Strick gesichert in die Kamine steigen ließ, um diese von Ruß und Schmutz zu befreien. Viele dieser Jungen erreichten kaum das zehnte oder elfte Lebensjahr, sie starben bei Unfällen, an Lungenkrankheiten oder Unterernährung. Vor allem aber sorgten skrupellose Meister durch bestimmte Abbindetechniken an Schultern, Füßen und Brustkorb dafür, dass die Jungen an ihrem natürlichen Wachstum gehindert wurden. Dies erfolgte ganz ähnlich wie in Japan, wo ein alter Brauch vorschrieb, dass die Füße eines Mädchens von frühestem Kindesalter an in einer ganz bestimmten Art und Weise abgebunden wurden. Dies führte schließlich dazu, dass die Füße einer erwachsenen Frau nahezu denen eines kaum drei- oder vierjährigen Mädchens glichen.

Bereits vor vielen Jahren hatte ein Parlamentsgesetz den Einsatz solcher Jungen für das Kaminkehren untersagt, ebenso verboten wurde die Praxis des Abbindens. Aber immer noch fanden sich genügend ruchlose Meister, die nunmehr dazu übergegangen waren, sich ihre menschlichen Kaminbesen aus den Reihen der armen Inder oder Chinesen zu rekrutieren, von denen es immer mehr ins Herz des Empires zog. Die Behörden neigten in Fällen, bei denen es sich um ausländische Jungen handelte, offenbar eher dazu, ein Auge zuzudrücken.

»Der Junge muss sich all die Tage in den Lüftungsschächten verborgen gehalten haben, Sir Archibald«, sagte Holmes.

Der Hausherr beugte sich kopfschüttelnd zu den beiden Lüftungsgittern neben dem Kamin herab. »Das ist unglaublich! Die Lüftungsschächte entsprechen exakt den Bauvorschriften. Nie hätte ich erwartet, dass irgendein menschliches Wesen, wie schmal und gelenkig auch immer, sich dort hineinwinden könnte!«

»Ich wusste also schon heute Vormittag um die wahre Natur unseres Geistes. Doch fand ich es nach einem Rundgang durchs Haus unmöglich, die Beute aus ihrem Bau zu treiben. Zu verzweigt ist Sir Pennyworths Luftschachtsystem in diesem Haus. Und wen hätte ich auch damit beauftragen sollen, unserem Geist hinterher zu kriechen? Kaminkehrerjungen sind dieser Tage schließlich dünn gesät. Sehr dünn sogar. An diesem Punkt, mein lieber Lestrade, kamen Sie und Ihre Polizeipfeife ins Spiel, denn ein Mensch muss essen. Aber vor allem braucht er Wasser. Erst recht, wenn er sich tagelang in diesen staubig-trockenen Schächten aufhält.«

Sir Archibald verstand plötzlich die rätselhafte Auskunft, welche Holmes ihm heute auf dem Weg zum Connaught gegeben hatte. Einer der Schlüssel zur Lösung des Rätsels um den Geist hatte tatsächlich im Wasser gelegen.

Holmes trat zu einer der beiden Vasen, die den Raum schmückten, und sicherlich vom Dienstmädchen jenen Morgen mit neuen Blumen gefüllt wurden. »Lestrades Anwesenheit im Raum machte es dem Jungen unmöglich, sich, wie die Tage zuvor, am Blumenwasser zu bedienen. Ich ging also davon aus, dass er sich früher oder später aus seinem Versteck trauen musste. Was mich in dieser Überzeugung bestärkte, war ihre brave Köchin, Sir Archibald, die dem Dienstmädchen vorwarf, versäumt zu haben, die Wasserschüsseln für Ihre Morgentoilette gefüllt zu haben. Sie wiesen mich ja darauf hin, dass im System der Lüftungsschächte eine direkte Verbindung zwischen Ihrem Arbeitszimmer und der Küche bestand. Was mich ein wenig länger beschäftigte, war die Frage, weswegen der Geist sich mit Blumenwasser zufriedengab, obwohl er doch in der Küche gewesen war, wo ihm genügend Wasser wesentlich besserer Qualität zur Verfügung stand. Doch auch dieses Rätsel ließ sich aufklären.«

Holmes steckte sich eine zweite Zigarette an und bot auch Lestrade und Sir Pennyworth welche aus seinem silbernen Zigarettenetui an. Der Hausherr lehnte ab, Lestrade jedoch griff zu.

»Herrgott! Vorgestern brachte das Mädchen diese Orchidee! Sie hielt sich zu gut und war zu teuer, um schon nach einem Tag ausgetauscht zu werden!«, rief Sir Pennyworth.

»Sehr richtig. Das Blumenwasser darin war zu alt und abgestanden. Selbst für den Geschmack unseres sicher nicht sehr verwöhnten Geistes. Da er inzwischen aber sehr genau den Verlauf der Schächte erkundet hatte, muss ihm klar gewesen sein, wie mühelos er zur Küche gelangen konnte. Zumal er dort ja auch von der Marmelade und den Keksen genascht hat, wie mir Ihre tapfere Miss Connor vorhin berichtete. Da sie jedoch fürchtete, Sie würden sie etwa als Diebin verdächtigen, traute sie sich bei meiner ersten Befragung nicht, mit der Wahrheit herauszurücken. Dazu entschloss sie sich erst vorhin, als ich sie ein wenig nachdrücklicher befragte.«

Dort hatte er sich also seine Nahrung besorgt, dachte ich und hätte beinah geschmunzelt darüber, dass es ausgerechnet Marmelade und Kekse gewesen waren, bei denen der »Geist« sich bediente. Doch zugleich stellte ich mir auch vor, wie der Junge Stunde um Stunde in diesen winzigen Schächten verbracht hatte – und das tagelang. Grausen überkam mich.

Sir Pennyworth schüttelte den Kopf. »Und er hat alles in allem fünf Tage dort in einem anderthalb Fuß breiten Schacht verbracht? Das ist ja unfassbar. Allerdings sind nur bestimmte Teile der Schächte so schmal, während die drei Hauptschächte vier Fuß und mehr breit sind. Dennoch erschien es mir bisher unmöglich, sich auch nur vorzustellen, dass es einem Menschen gelingen sollte, überhaupt in jenes System eindringen zu können, denn sämtliche Zugänge – wenn man sie denn überhaupt so nennen will – sind ja eben wirklich nur diese anderthalb Fuß breit.«

Lestrade, ganz der Mann fürs Praktische, hatte für solch recht theoretische Reflektionen nicht viel übrig. »Schön und gut, Holmes. Meine Pfeife und ich dienten Ihnen dazu, ihn herauszutreiben. Ich nehme zwar an, dass Sie mir dies auch von Anfang an hätten mitteilen können, aber da ich um Ihren übertriebenen Hang zum Dramatischen weiß, durfte man ja wohl gar nichts anderes erwarten«, beschwerte er sich. Nur um gleich darauf den Finger in einige noch immer offene Wunden zu legen. »Trotzdem bleibt die Frage, was hat der kleine Racker hier gewollt und wie ist er überhaupt ins Haus gelangt? Haben Sie darauf auch eine Antwort?«

»Selbstverständlich, Inspektor«, lächelte Holmes Lestrade dünn an.

Er wies auf den Safe. »Öffnen Sie ihn, Sir Archibald. Und tun Sie es möglichst ganz genauso, wie Sie es die letzten Tage auch getan haben.«

Sir Pennyworth erbleichte sichtlich und trat zu dem Safe. Er war mit einer Drehscheibe versehen, auf der Zahlenfolgen angegeben waren, die nacheinander in die passende Reihenfolge gedreht werden wollten, um das Schloss öffnen zu können.

Es war Sir Pennyworths Hand anzusehen, dass er den Safe oft öffnete und schloss. So schnell, wie er die Ziffernscheibe drehte, gelang es vermutlich selbst Holmes nur mit einiger Mühe, die eingegebene Ziffernfolge daraus abzulesen.

»Ich sagte doch, es ist alles da, Mister Holmes. Nichts fehlt, weder der Schmuck noch die Dokumente sind angerührt worden«, bemerkte Sir Pennyworth, während er die schwere, doppelt stahlgepanzerte Safetür aufschwingen ließ.

Holmes schrieb rasch nacheinander einige Ziffern auf einen Zettel, faltete ihn zusammen und reichte ihn Sir Pennyworth. »Ich nehme an, das ist der Code, mit dem Sie eben den Safe öffneten, Sir Archibald.«

Sir Pennyworth faltete den Zettel auf und bestätigte Holmes Vermutung.

»Das dachte ich mir!«, rief Holmes. »Sehen Sie, eine weitere Frage, die mich beschäftigte, war, weshalb Ihr seltsamer Gast solange hier ausgeharrt hatte.

Immerhin – mehrere Tage. Doch selbst mir gelang es nur mit einiger Mühe den Code mitzulesen, als Sie ihn eben eingegeben haben, Sir Archibald. Im Fall unseres Gastes kam hinzu, dass sein Sichtwinkel dafür wesentlich ungünstiger lag als der meine. Ich bin sicher, der Grund, weswegen er Ihre Möbel verrückte, lag darin, sich eine bessere Sicht auf Sie und den Safe zu verschaffen, um endlich die Ziffernfolge des Codes mitlesen zu können. Ich vermute, dass es ziemlich frustrierend für ihn gewesen war, jeden Morgen mit ansehen zu müssen, wie Ihr Ordnungssinn Sie dazu trieb, sämtliche Möbel wieder an ihren angestammten Platz zu rücken.«

Sir Pennyworth öffnete eine Stahlkassette, die mit feinstem roten Samt ausgelegt war und den Schmuck seiner Frau enthielt. Der riesige Montclair-Rubin funkelte und strahlte im Kerzenlicht daraus hervor.

Nur wenige Augenblicke darauf war der Safe wieder verschlossen. Vermutlich stand Sir Archibald eben im Begriff, Holmes für dessen brillante Lösung der Rätsel um den Geist in seinem Haus zu gratulieren, doch Holmes bat ihn mit einer Geste, darauf zu verzichten.

»Ein letztes Rätsel bleibt, Sir Pennyworth. Es erscheint mir nämlich höchst unwahrscheinlich, dass der Geist auf eigene Faust gehandelt haben soll. Zumal man ja noch den Umstand des pfeifenden Constables zu bedenken hat.«

Sicher, dachte ich und eine gewisse Wut über den Constable stieg in mir auf. Hätte der Mann seine verflixte Pfeife in Ruhe gelassen, wäre es Holmes und mir vermutlich möglich gewesen, den Geist in der Küche ergreifen zu können.

»Der Mann wird bestraft werden, Holmes. Verlassen Sie sich darauf!«, brummte Lestrade, dem der Vorfall höchst peinlich war.

»Das sollte er auch, Lestrade. Allerdings vielleicht nicht gar so hart, wie Sie es in diesem Moment zweifellos vorhaben.«

Der Mann hatte sich damit herausgeredet, dass er plötzlich von der Straße her mit Fladen von Pferdemist beworfen worden war. Nun ja – selbst in Paddington lag jederzeit genug davon herum, um sich langwierige »Gefechte« damit liefern zu können.

»So, Holmes. Und wie bitte habe ich Ihre ungewöhnliche Nachsicht mit dem Mann zu werten? Er hat Ihnen den Fang schließlich ebenso verdorben wie mir«, fragte Lestrade. Wie ich zugestehen musste – nicht ganz unberechtigt.

»Er ist selbstverständlich provoziert worden«, entgegnete Holmes mit einem seiner dünnen Lächeln, »und zwar sehr wahrscheinlich von Helfern der Hintermänner unseres Geistes.«

Einen Augenblick lang herrschte Schweigen in Sir Pennyworths Arbeitszimmer.

»In Ordnung, Holmes. Geschieht mir recht, nehme ich an. Ich hätte selbst darauf kommen sollen, dass man das Haus beobachten lässt.«

Sir Pennyworth war es erneut unwohl in seiner Haut geworden. »Glauben Sie etwa, dass man mich immer noch beobachtet, Mister Holmes?«

Holmes warf seine Zigarettenkippe in den Kamin. An seiner statt beantwortete Lestrade Sir Pennyworths Frage. »Das ist sehr gut möglich, Sir Archibald. Andererseits kann ich Ihnen gern einen Constable zur Verfügung stellen, der für die nächsten Tage vor Ihrer Tür Posten bezieht. Vermutlich wird man daraufhin bald davon ablassen, Sie weiter zu belästigen.« Lestrade nahm sich aus Holmes Etui eine zweite Zigarette und fuhr dann fort. »Außerdem sollten Sie sich endlich dazu durchringen, den Familienschmuck Ihrer Frau dem Safe einer guten Bank anzuvertrauen. Verringert das Risiko von Einbrüchen ungemein. Zumal, falls Sie dann noch die paar Schilling investieren und den Umzug des Schmucks in den Kleinanzeigen einiger Zeitungen bekannt machen. Verbrecher sind eifrige Leser von Kleinanzeigen, wissen Sie.«

»Sehr richtig beobachtet, Lestrade!«, fiel Holmes ein. »Doch ich würde im Interesse meiner weiteren Ermittlungen damit noch einige Tage warten. Ich bin sicher, die Beute ist zu groß, als dass man bereits nach dem ersten missglückten Versuch davon ablassen wird. Geben Sie mir zwei Tage, die Hintermänner zu identifizieren, Sir Archibald. Danach ist immer noch genug Zeit, den Schmuck in einem Banksafe unterzubringen.«

»Das könnte ziemlich riskant sein, Holmes«, warnte Lestrade.

»Ganz ohne Frage«, bestätigte Holmes. »Die Entscheidung liegt ganz bei Ihnen, Sir Pennyworth.«

Der Hausherr dachte einen Moment über Holmes Worte nach. Dann straffte er sich und sagte: »Finden Sie den Mann, Holmes! Er soll gefälligst für den Rest seines miesen Lebens in irgendeiner Zelle verrotten.«

Holmes schüttelte Sir Pennyworths Hand.

»Abgemacht.«

In diesem Augenblick glaubte ich, dass es nur eine Frage weniger Stunden sei, bis Holmes Sir Archibald darüber informieren durfte, dass sämtliche Beteiligte an diesem so eigentümlichen Verbrechen sicher hinter Schloss und Riegel saßen. Auch Lestrade und Holmes selbst mussten davon ebenso überzeugt gewesen sein. Keiner von uns konnte in jener Nacht mit den dramatischen Wendungen rechnen, welche dieser Fall für uns alle noch bereithalten sollte.

»Wie meinen Sie eigentlich, ist er ins Haus gelangt, Lestrade?«, erkundigte sich Holmes wie nebenbei, während wir zusammen mit dem Inspektor vor dem Haus auf die Polizeikutsche warteten, die Holmes in die Baker Street, mich zu meiner Frau und Lestrade in sein Büro in Scotland Yard bringen sollte.

»Ein Lieferant, Holmes. Es ist doch immer entweder ein Lieferant oder jemand vom Personal«, antwortete Lestrade leichthin.

Holmes rauchte still weiter an seiner Zigarette.

»Nun, wir werden es erfahren, sobald Sie den Rest der Bande schnappen«, beendete ich schließlich die Diskussion.

»Ganz gewiss, Watson«, meinte Holmes.

III. Ein Mörder und sein Opfer

Die folgenden drei Tage sah und hörte ich nichts mehr von Holmes, Lestrade oder Sir Pennyworth. Ich war mit meiner Praxis in Paddington ganz und gar eingenommen und hatte überdies meine wunderbare Frau Mary, die von mir erwarten durfte, für sie da zu sein.

Ein Telegramm von Holmes beendete allerdings dieses friedliche häusliche Zwischenspiel.

Kommen Sie, falls es Ihnen gelegen ist.

Kommen Sie auch, falls es ungelegen ist.

Bart's Hospital, Morgue.

Holmes

Dem Bart's Hospital kam in meiner Freundschaft mit Sherlock Holmes eine ganz besondere Bedeutung zu, denn in dessen Morgue hatte ich ihn zu Neujahr 1881 zum ersten Mal getroffen. Mein alter Bekannter Henry Stamford, einst Assistenz bei mir, hatte uns seinerzeit miteinander bekannt gemacht. Heute war Henry Stamford der Chefchirurg des Bart's, und obwohl wir uns inzwischen nur noch selten über den Weg liefen, hatte ich ihn stets in guter Erinnerung behalten. Trotz Marys stiller Missbilligung übergab ich meine gut gefüllte Praxis einem Kollegen, der sich während meiner Abwesenheit angemessen darum kümmern würde, und eilte ins Bart's.

Eine Morgue ist selbst für die meisten Ärzte zu jeder Zeit ein grauenvoller Ort, nehme ich an. Und dennoch war es einer jener wenigen Orte, an denen die Toten sowohl den Lebenden als auch die Lebenden den Toten dienten. Hier wurden Chirurgen in ihre Profession eingeführt und neue Erkenntnisse von den Toten gewonnen, die der Behandlung der Lebenden nützlich waren. Doch hier fanden sich auch Lebende, die so einigen der Toten einen letzten wichtigen Dienst erwiesen, indem sie nach Hinweisen auf deren Mörder suchten.

Fünf mächtige Obduktionstische erwarteten mich in dem Raum im Erdgeschoss des Hospitals. Einer der Tische war leer. Die vier übrigen waren von Leichen eingenommen, die man vollständig mit hellen Tüchern bedeckt hatte. Ich ahnte, was auf mich zukam, als ich erkannte, dass eine der Leichen wesentlich kleiner und schmächtiger war als die übrigen. Es war auch jene, vor deren Tisch Holmes Aufstellung genommen hatte.

»Der Geist, nehme ich an?«

»Sehr richtig, Watson«, entgegnete Holmes und schlug das Tuch über dem Jungen zur Seite. Nackt und sein Brustkorb und Bauch von mächtigen Schnitten durchtrennt, wirkte seine winzige Gestalt herzzerreißend zerbrechlich auf dem gewaltigen Tisch.

»Hat Stamford ihn obduziert?«

»Sehen Sie – da ist seine Signatur«, Holmes wies auf den Knoten, mit dem der letzte Faden am Ende der Schnitte unter dem Hals des Toten geknüpft war. Unverkennbar war es die Art von Knoten wie Stamford sie zu knüpfen pflegte. Henry Stamford war ein gründlicher und aufmerksamer Arzt. Sir Archibalds »Geist« hätte sich kaum einen besseren Mann für jenen allerletzten Dienst an ihm wünschen können.

Angesichts seiner schmalen dunklen Augen und hohen Wangenknochen musste unser Geist ein kleiner Chinese gewesen sein.

Holmes wandte den Kopf des Toten etwas zur Seite und wies auf einen fast kreisrunden, blassen Bluterguss am Nacken des Toten.

»Was halten Sie davon?«

Ich beugte mich herab, um die Sache näher zu betrachten, und bewegte den Kopf des Jungen etwas hin und her. Danach bestand für mich kein Zweifel mehr, dass das Genick des Jungen gebrochen worden war. Ich fragte mich, ob jener kleine runde Bluterguss etwas damit zu schaffen haben konnte.

»Keine Würgemale am Hals, Holmes. Und auch sonst nichts, was darauf hindeutet, dass man ihm durch einen Schlag oder gemeinen Dreh die Halsewirbel gebrochen hätte.«

»Sehr richtig, Watson«, bestätigte Holmes. »Seine einzige Verletzung ist dieser winzige Bluterguss.«

Ich betrachtete den Spazierstock, den ich stets dabei hatte, sollte meine alte Kriegsverletzung mich wieder zu plagen beginnen. Kommentarlos schraubte ich die Metallspitze daran ab und hielt das jetzt stumpfe Endstück des Stocks an jenen Bluterguss.

Holmes Befriedigung über meine Idee stand ihm deutlich ins Gesicht geschrieben. »Bravo, Watson! Das war auch meine erste Idee, sobald Stamford mich auf den Bluterguss aufmerksam machte und mir mitteilte, dass er Genickbruch als Todesursache festgestellt hätte.«

Leider war der Umfang meines Stockes um einiges zu groß für jenen Bluterguss.

»Es war immerhin eine gute Idee«, flüsterte ich enttäuscht.

Holmes griff in seine Manteltasche und brachte eine der Papiertüten hervor, in denen er alles Mögliche an materiellen Spuren und Beweismaterialien aufbewahrte, angefangen von einzelnen Haaren, über Bodenproben, Zigarettenasche oder Tierkot. All dies hatte sich bereits als überaus nützlich zur Lösung scheinbar unlösbarer Rätsel erwiesen.

»Das fand man in den Taschen seiner Jacke«, sagte er und schüttete den Inhalt der Tüte auf den Obduktionstisch: Ein schmieriger Bleistiftstummel, einige unbeschriebene Fetzen Papier, aber auch sechs Schillingmünzen und eine oftmals gefaltete Fünfpfundnote.

Fünf Pfund und sechs Schilling waren viel Geld für einen Kaminkehrerjungen.

»Dann scheidet Raub als Mordmotiv wohl aus«, bemerkte ich.

»Sehr richtig, Watson. Doch wir können noch mehr als das aus dieser Fünfpfundnote und den sechs Schillingen schließen …«

»Nämlich …«

»… dass sein Mörder sich entweder nicht um jenes Geld scherte, als er ihn tötete, oder, dass er sich zwar sehr wohl darum scherte, aber im Moment, als er den Jungen tötete, einiges entfernt von ihm war und das Risiko scheute, sich ihm zu nähern, um ihm das Geld abzunehmen.«

Ich überdachte Holmes Einwand. Doch so recht ergab der für mich keinen Sinn. Der Mörder musste, um dem Jungen das Genick zu brechen, nah bei ihm gewesen sein. Wie auch immer er es angestellt haben mochte, ihm einen Nackenwirbel zu zertrümmern – ob nun durch einen Schlag oder einen Stoß – ich konnte mir nicht vorstellen, wie man dies aus einiger Entfernung heraus hätte bewerkstelligen sollen.

Holmes zog eine zweite Tüte hervor, schüttete deren Inhalt in seine Handfläche und reichte ihn mir. Es war ein Stück Holz, seltsam geformt und, angesichts seiner Größe von weniger als einem halben Zoll, eigenartig schwer.

»Was ist das, Holmes?«, fragte ich, während ich das Holz mit dem Bluterguss am Hals des Jungen verglich. Es passte perfekt dazu.

»Sie werden sich erinnern, dass Lestrade in jener Nacht noch die Beschreibung des Jungen an sämtliche Polizeistationen durchgab. Ich habe gleich am folgenden Morgen eine Nachricht an sämtliche Hospitäler in London geschickt, mit der Bitte, mich zu informieren, sollte man auf eine Leiche stoßen, die der Beschreibung unseres Geistes entspricht. Stamford meldete sich vorgestern bei mir. Ich wohnte der Obduktion bei und begab mich anschließend zu dem Ort, an dem man die Leiche des Jungen fand. Es war ein schmutziger Hinterhof bei den Saint Catherine's Docks. Ich brauchte zwei volle Stunden, bis ich auf dieses Stück Holz stieß.«

Holmes nahm mir das Holz aus der Hand und führte mich zu einem der beiden Zeiss-Mikroskope, die auf dem Arbeitstisch gegenüber den Obduktionstischen standen. Er spannte das Holz unter das Mikroskop, stellte es ein und forderte mich auf hindurchzusehen. »Ich bin sicher, Sie werden es ebenso erraten können wie ich.«

Das Stück Holz musste von einer exotischen Baumart stammen, vielleicht aus Südamerika oder Asien. Es wirkte – mit bloßem Auge betrachtet – glatt poliert. Doch unter dem Mikroskop zeigten sich Kratzer, besser:

Riefen, darin. Ich hatte solche charakteristischen, regelmäßig angeordneten Riefen schon gesehen. Und zwar an abgefeuerten Gewehr- oder Revolvergeschossen. Sie entstanden durch die Züge im Lauf der Waffe. Dieses Stück Holz musste ein Geschoss gewesen sein. Doch wie war es abgefeuert worden?

Ich entdeckte nicht die geringste Spur von Verbrennungen daran, wie sie hätten entstehen müssen, wäre das Holz von irgendeiner explosiven Treibladung beschleunigt worden.

Verblüfft wandte ich mich Holmes zu, der meine Ratlosigkeit einen Augenblick lang sichtlich genoss.

»Es war ein Luftgewehr, Watson!«, sagte er.

Ich verstand. Oder glaubte wenigstens zu verstehen. Es existierten ja tatsächlich Luftgewehrmodelle, deren Geschossbeschleunigung sich sogar mit der von Armeekarabinern messen konnte, die sich moderner Explosionstreibladungen bedienten.

»Er ist in einem Hinterhof gefunden worden, richtig? Dann hat der Schütze von einem der umliegenden Häuser oder einem Dach herab geschossen?«, erkundigte ich mich.

»Der Hof wäre ideal für ein solches Vorgehen gewesen.«

»Wie groß war der Hof? Von welcher Entfernung aus hat er geschossen?«

»Achtzig mal neunzig Yard. Bedenkt man, dass er noch dazu entweder von einem der Dächer oder aus einem der Lagerhäuser heraus geschossen hat, denke ich, dass es nicht übertrieben wäre, anzunehmen, dass er den Jungen auf eine Entfernung von achtzig bis einhundert Yard erschossen hat.«

In meinem alten Regiment gehörte ich zu den fünf besten Gewehrschützen und rangierte im Revolverschießen sogar noch um einen Rang höher. Doch ich bezweifelte, dass ich zu einem Schuss, wie Holmes ihn beschrieb, fähig gewesen wäre. Brust oder Bauchbereich des Jungen boten auf eine Entfernung von hundert Yard schon ein recht gewagtes Ziel. Doch ihn derart exakt im Nacken zu treffen, erforderte eine ganz besonders talentierte und ausgebildete Art von Schützen.

»Dann haben Sie keine Spuren des Schützen gefunden?«

»Nichts. Dieser Mann ist kein Amateur.«

Angesichts der klugen Wahl seiner Waffe und des großen Kalibers, mit dem er geschossen hatte, konnte ich dem nur zustimmen. Ein Luftgewehr erzeugte beim Abschuss nichts weiter als ein trockenes Klacken, schon aus wenigen Fuß Entfernung war es kaum zu hören und erst recht nicht als Schussgeräusch einzuordnen. Aber der Schütze hätte auch herkömmliche Munition in seinem Gewehr verwenden können. Stattdessen benutzte er dieses exotische Holz. Ich fragte mich weshalb.

Doch Holmes hatte eine Antwort darauf. »Wer außer mir, Watson, wäre denn überhaupt auf die Idee gekommen, dass dieses Stück Holz ein Geschoss darstellt?«, fragte er mit einem Achselzucken.

Er hatte recht. Keiner außer ihm hätte diese Verbindung sehen können.

»Solche Waffen werden nicht an jeder Ecke verkauft, Holmes. Das muss eine Spezialanfertigung gewesen sein. Schon wegen des Kalibers und des enormen Luftdrucks. Wir sollten uns unter den Londoner Büchsenmachern nach einer solchen Waffe umschauen«, schlug ich vor.

Holmes lächelte.

»Ich habe bereits eine Liste aller in Frage kommenden Büchsenmacher vorbereitet, Watson. Und ich wäre Ihnen dankbar, wenn Sie mich bei meinen Besuchen begleiten würden.«

»Es wäre mir eine Ehre und eine Freude, Holmes.«

Wir begannen unsere Suche bei einem Mann namens Brian Whelan in Whitechapels Brick Lane, der bezweifelte, dass ein solches Geschoss überhaupt derart zielsicher aus einem Luftgewehr abgefeuert werden könnte. Mit dem nächsten und übernächsten Büchsenmacher erging es uns nicht besser. Erst Hugo Drax & Associates, die Nummer vier auf Holmes Liste, erwies sich als Treffer.

* * *

Hugo Drax' Geschäft befand sich am Ende der New Bond Street und zählte zu den besten Adressen für Sportschützen, Jäger und Waffennarren aller Couleur. Mister Drax führte uns persönlich in seine Werkstatt, um uns da die Baupläne für eine Waffe vorzulegen, wie weder Holmes noch ich je eine gesehen hatten. Nach den Konstruktionsplänen führte uns Mister Drax auch ein Modell der Waffe vor. Auf höchst elegante Art kombinierte das Gewehr Treffsicherheit mit Praktikabilität, nicht nur war es leicht und um einiges kürzer als ich erwartet hätte, sondern überdies auch noch mit wenigen Handgriffen in seine Bestandteile zu zerlegen.

Drax war ein Mann in den besten Jahren, höflich und zuvorkommend. Er berichtete, der Mann, der jene Waffe bei ihm bestellte, hätte darauf bestanden, dass sämtliche Versuchsmodelle, Blaupausen und Werkzeuge, die für ihre Anfertigung nötig waren, anschließend zu vernichten seien.

»Doch, Mister Holmes, sehen Sie, das ist in vielerlei Hinsicht vermutlich die beste Waffe, die je mein Geschäft verlassen hat. Ich habe es schlicht nicht übers Herz gebracht, die Baupläne und Prototypen zu vernichten. Das mag unehrenhaft erscheinen, aber ich habe immerhin auch nie wieder eine zweite dieser Waffen bauen lassen und verkauft, obwohl ich sicher Kunden gefunden hätte, die den doppelten oder dreifachen Preis dafür bezahlt hatten.«

Holmes bat darum, den Namen des Kunden erfahren zu dürfen. Bereitwillig wies Drax uns seine Bücher vor. »Ich war sicher, dass der Gentleman ein Offizier war. Seine Haltung, die Art zu sprechen – all das. Sie wissen, wovon ich rede. Er hatte rötliches Haar, recht kurz geschnitten und einen Schnauzbart. Gekleidet wie ein Gentleman. Etwa die Größe des Doktors. Und eigentlich hat der Doktor nicht nur die Größe mit dem Mann gemeinsam, denn sehen Sie hier … «

Hugo Drax wies auf einen Eintrag in seinem Abrechnungsbuch. Dort stand *Major John Hamish Watson, Esqu.*

»Eine Frechheit!«, rief ich überrascht aus. Denn ich zweifelte nicht daran, dass es ein falscher Name sein musste, den der Mann angegeben hatte.

Holmes konnte sich jedoch eines Lächelns nicht erwehren. Er wies auf das Datum des Verkaufs. Es lag über ein Jahr zurück. Dann steckte er sich eine seiner Zigaretten an und versank für einige Zeit in Gedanken. »Mister Drax, sagen Sie, sprach der Mann vielleicht mit einem Akzent? Einem französischen, deutschen oder flämischen? Wobei letztere durchaus ähnlich klingen können?«

Hugo Drax konnte sich dessen nicht erinnern. Doch ein Detail fiel ihm immerhin wieder ein. Jener Major Watson, so war er sicher, hatte eine Vorliebe für dunkle Blockschokolade gehabt. Denn jedes Mal während ihrer Besprechungen hier in Drax' Büro, hätte er eine Schachtel davon bei sich gehabt und auch Drax großzügig davon angeboten.

»Es ist gut möglich, dass es belgische Schokolade war, Mister Holmes, aber beschwören könnte ich es nicht.«

Ich verstand den Zusammenhang zwischen unserem mysteriösen Schützen und belgischer Blockschokolade zwar nicht, doch Holmes hatte sicher gute Gründe, sich danach zu erkundigen.

»Haben Sie diesen Major Watson je wiedergesehen, Drax?«, fragte Holmes.

»Nein, nie. Und ich muss gestehen, dass mir das sehr recht so ist. Wissen Sie, ich habe Kunden aus allen möglichen Gesellschaftsschichten, Mister Holmes. Ich bin Geschäftsmann. Ich habe es mir zur Aufgabe gemacht, mit allen Leuten gut auszukommen. Aber an diesem Major Watson war etwas, das einem fast Angst machen konnte. Ich nehme an, es war sein Blick – seine Augen überhaupt. So kalt und berechnend. Unheimlich. Man ist besser dran, wenn man diesen Blick so schnell wie möglich wieder aus seinem Gedächtnis verbannt.«

Es schien, als sei dies alles, was der brave Hugo Drax zu unseren Ermittlungen beizutragen hatte. Nach einigen weiteren Höflichkeiten verabschiedete sich Holmes und wir traten aus dem Geschäft auf die belebte New Bond Street zurück.

»Welch Frechheit von dem Mann, sich ausgerechnet Watson zu nennen, Holmes!«, rief ich aus.

Holmes pflichtete mir mit einem kühlen Nicken bei. »Ein nicht ganz unwichtiges Detail. Es beweist, dass unser Mann sich vermutlich schon länger für meine Arbeit interessiert. Dass ein so versierter Mörder sich eher früher als später mit der Möglichkeit auseinandersetzte, es eines Tages mit Sherlock Holmes zu tun zu bekommen, liegt allerdings auch auf der Hand, mein lieber Watson. Interessanter als dies scheint mir seine Verbindung nach Belgien.«

Wir schlenderten die New Bond Street herab, vorüber an verschiedenen Geschäften und Galerien.

»Weshalb Belgien, Holmes?«

»Der Fall des Butlers des belgischen Kronprinzen, Watson! Sie sollten sich daran erinnern, sein mysteriöser Tod wurde in sämtlichen französischen Zeitungen erwähnt!«

Da ich nur sehr selten französische Zeitungen las, konnte ich mich jedoch beim besten Willen nicht an den Fall jenes Butlers erinnern. Holmes hingegen, der ein fantastisches Gedächtnis für die Sensationsgeschichten in der Klatsch- und Tratschpresse hatte, war mit den Fakten des Falles geläufig.

»Er brach auf einem Jagdausflug seines Herrn plötzlich zusammen und muss sofort tot gewesen sein, Watson. Man fand bis heute keine plausible Erklärung für sein plötzliches Ableben. Doch einige der Artikel deuteten an, dass der Mann Kontakte zu bestimmten Spielclubs und Casinos der weniger ehrenwerten Art pflegte. Die belgische Polizei bat mich in dem Fall um meine Meinung, doch war ich seinerzeit so sehr mit anderen Rätseln befasst, dass mir nichts übrig blieb, als ihr Ansinnen abzulehnen. Aber dem Dossier, das man mir aus Brüssel zusandte, war zu entnehmen, dass der Mann einen zertrümmerten Nackenwirbel aufwies, genau wie unser Geist im Bart's, Watson. Das kann nun ganz und gar kein Zufall sein.«

Ein kalter Schauer lief über meinen Nacken, als ich mir die Konsequenzen aus Holmes Worten klar machte. Da ging ein internationaler Attentäter in London um, der nicht nur ein exzellenter Scharfschütze war, sondern sogar meinen guten Namen benutzte. Sogar der Rang, mit dem ich aus der Armee entlassen worden war, stimmte überein.

Ich rief ein Hansom-Cab herbei, doch Holmes hielt mich zurück.

»Ich habe die Liste der besten Schützen Englands in meinem Gedächtnis gespeichert, Watson. Solch ein Schuss konnte nur von vier Männern bewältigt werden: Artillery Sergeant Ian Griffith, Lieutenant Harvey Boscombe, Royal Marine Mate Jonathan Holroyd und Major Cornell Steer. Aber Drax' Beschreibung des Mannes passt auf keinen davon. Zumal man außerdem die Verbindung nach Belgien zu bedenken hat.«

»Ein Ausländer also?«

»Möglich. Oder ein Meisterschütze, der sich bislang noch keinen öffentlichen Namen gemacht hat.«

Ich bezweifelte im Stillen, dass es einen derart außerordentlichen Schützen gab, der bisher noch niemals öffentlich in Erscheinung getreten war. Zumal Drax behauptete, dass jener falsche Major Watson in Haltung und Gebahren ganz der typische Offizier gewesen sei.

Doch in einer Armee, die ständig irgendwo auf der Welt in Scharmützel oder Kriege wie die des britischen Empires verwickelt war, fielen solche Ausnahmetalente früher oder später auf. Überdies hatte ich während meines Dienstes in Her Majesty‘s Royal Army so meine Studien in Bezug auf die Charaktere meiner Kameraden machen können und in dieser Beziehung Holmes einiges an Erfahrung voraus. Die wirklich außerordentlichen Schützen, die ich kannte, waren bis auf wenige Ausnahmen stets Männer gewesen, die kaum eine Gelegenheit ausließen, ihre Talente in Wettkämpfen mit anderen zu messen.

»Holmes, wenn er ein so exzellenter Schütze ist und in der Royal Army gedient hat, dann ist er auch irgendwo aktenkundig geworden. Es ist zu erwarten, dass sein Name irgendeinem meiner Kameraden unterkam.«

»Sehr richtig, Watson! Doch sollten wir bedenken, dass es auch andere Armeen gibt, in denen außergewöhnlich gute Schützen dienen, nicht wahr? Und ob Sie oder einer Ihrer früheren Kameraden je von denen gehört haben, steht zu bezweifeln, nicht wahr?«

»Immerhin hat er sich mit meinem guten Namen in Drax‘ Kundenregister eintragen lassen, Holmes!«, rief ich.

»Was nichts an seiner Vorliebe für belgische Schokolade ändert, Watson! Nun denken Sie doch einmal mit, alter Freund! Dass er laut Drax über keinen hörbaren

Akzent verfügte, spricht höchstens dafür, dass unser Mann – falls er nicht das Glück hatte, Brite, Schotte oder Waliser zu sein – einfach ein gutes Ohr für Sprachen hat!«, zischte Holmes.

Angesichts seines beinah schon emotionalen Ausbruchs beschloss ich, das Thema vorläufig ruhen zu lassen.

Doch eine Sache fand ich dennoch wert, meinem alten Freund und Gefährten gegenüber anzumerken. »Selbst, wenn wir ihn finden sollten, wird er die Waffe wohl schwerlich bei sich haben, was, Holmes? Und ohne sie und ihn in eine direkte Verbindung zu bringen, wird Lestrade bestimmt nicht riskieren, einen Haftbefehl zu beantragen.«

Holmes stimmte mir darin zwar unumwunden zu, zeigte sich aber zuversichtlich, dass er jetzt, da er besser wusste, womit er es zu tun hatte, einen Weg finden würde, den Schützen ausfindig zu machen.

»Bis dahin sollten wir beide vorsichtig sein, Watson. Ich fürchte nämlich, dieser Mörder ist zu allem fähig, um seine Haut zu retten. Außerdem bin ich noch nicht recht überzeugt davon, dass er wirklich allein gehandelt haben soll. Diese Affäre scheint mit jedem Rätsel, das wir lösen, nur noch seltsamer und komplizierter zu werden, alter Freund.«

Nach diesen durchaus beachtenswerten Worten verabschiedete ich mich von Holmes, winkte mir ein

Hansom-Cab herbei und fuhr in meine Praxis nach Paddington zurück, während Holmes allein seiner geheimnisvollen Wege ging.

Ich hatte die vergangenen Tage keine Gelegenheit gehabt, darauf zu achten, doch nun in meinem Hansom auf dem Weg nach Paddington fiel mir auf, dass sich diese seltsamen Schmierereien weiter ausgebreitet hatten. Denn an mehr als einer Hauswand entdeckte ich selbst hier in Westminster jene eigenartige Ankündigung:

Ragnarök is coming...

Ich erreichte meine Praxis in einem Zustand fiebriger Nachdenklichkeit. Ich bestand darauf, meinen Revolver nachts griffbereit neben mir auf dem Nachtschränkchen bereitzuhalten. Am Morgen steckte ich ihn sogar zu mir, bevor ich nach dem Frühstück hinunter ging, um meine Praxis zu öffnen.

IV. Ein Attentat in Paddington

Vier Tage später erreichte mich erneut eine Nachricht von Holmes. Diesmal nicht in Form eines seiner Telegramme, sondern in Gestalt von Wiggins. Der Bursche gab sich als Chef der Bande von Straßenkindern, die Holmes als Baker Street *Irregulars* bezeichnete und regelmäßig für Überwachungsaufgaben und Botengänge einzusetzen pflegte.

Misses Lovelace, meine Empfangsdame in der Praxis, bat mich dringend in den Warteraum, wo Wiggins, eine selbst gedrehte Zigarette zwischen den Lippen, die schmutzigen Finger unter seine breiten Männerhosenträger geklemmt, unter den braven Bankangestellten, Eisenbahnern, Hausfrauen, Ladenbesitzern und Gouvernanten, aus denen sich meine Patientenschaft zusammensetzte, für einigen Aufruhr gesorgt hatte.

»Ah, Doktor!«, rief Wiggins. »Schnell! Hat'n Steifen gegeben. Der Alte ist schon dort. Hat'n Problem mit der Schmiere gekriegt. Braucht Sie. Gleich jetzt!«

Im Gegensatz zu den meisten meiner Patienten – und der guten Mrs Lovelace – war ich fähig, Wiggins Straßenargot zu übersetzen. Ich wusste daher, dass Holmes (der »Alte«) ein Problem mit der Polizei (»der Schmiere«) haben und dieses in Zusammenhang mit einer Leiche (dem »Steifen«) stehen musste.

»Ein Notfall!«, rief ich an meine Patienten gewandt und bat Mrs Lovelace, sie an meinen Kollegen gleich nebenan zu verweisen. Ich ergriff meine Arzttasche und stürmte, ohne Hut und Mantel, Wiggings hinterdrein zur Straße hinaus.

»Wo?«, rief ich, unsicher, ob es ratsam sei, einen Hansom herbeizuwinken.

»Gloucester Terrace, Doktor!«, entgegnete Wiggins und rannte dabei bereits an meiner Praxis vorüber die Straße herab. Gloucester Terrace lag nicht weit von meiner Praxis zum Ort des Geschehens. So gab ich jeden Gedanken an ein Hansom-Cab auf und eilte Wiggings zu Fuß hinterdrein.

Nur wenige Minuten darauf erreichten wir den Ort des Geschehens.

Der Eindruck, der sich mir aufdrängte, war der eines typischen Verkehrsunfalls. Ein Lieferwagen stand quer zur belebten Bishops Bridge Road, die sich hier mit Gloucester Terrace kreuzte. Ein weiterer lag umgestürzt halb auf dem Gehweg, halb in einem Geschäft für modische Kurzwaren. Neben dem Lieferwagen lag eine Gestalt unter einem weißen Tuch. Bei dem Kurzwarengeschäft saßen ein Mann und eine Frau am Boden, die beide schwere Verletzungen aufwiesen.

Eine Gruppe von vier oder fünf Constables versuchte gemeinsam mit einem Kutscher und einigen Passanten den querstehenden Lieferwagen von der

Straße zu bugsieren. Dessen beide Zugtiere waren bereits ausgespannt und tänzelten unruhig, ihre Mäuler von weißem Schaum bedeckt, am Straßenrand.

Schlimmer war es der Stute ergangen, die jenen Wagen gezogen haben musste, der in dem Ladengeschäft endete. Wiehernd und zuckend lag sie neben ihm im Straßenstaub. Sie war immer noch in ihrem Geschirr gefangen, hatte offensichtlich beide Vorderläufe gebrochen und wand sich nun in schrecklicher Agonie. Eine Frau rief hysterisch um Hilfe und einige Männer starrten betroffen auf das Tier herab.

Die Frau und der Gentleman bei dem Kurzwarengeschäft schienen in guten Händen zu sein. Denn ich erkannte einen Kollegen vom Royal Hospital, der – wohl zufällig vor Ort gewesen – bereits dabei war, die beiden Verletzten zu behandeln.

Die Schmerzensschreie der verwundeten Stute waren für mich kaum zu ertragen. Sie erinnerten mich allzusehr an das Schlachtfeld von Maiwand, in dessen Hölle ich mir damals meine Kriegsverletzung zugezogen hatte. Während die furchtbaren Bilder jenes Kampfes am anderen Ende der Welt vor meinen Augen aufflackerten, stellte ich meine Tasche ab, öffnete sie, zog den darin befindlichen Revolver heraus, und trat wie in Trance zu dem verwundeten Tier. Ich sank auf die Knie, strich ihm sacht über das Fell, setzte ihm meinen Revolver an die Stirn und erlöste es von seinem Leiden.

Ich erhob mich und steckte den Revolver in die Tasche. Mein Kragen und die Hemdbrust waren von Blut besudelt. Doch im Grunde bemerkte ich es gar nicht.

Ein Mann humpelte auf mich zu, er trug Mütze, Joppe und Stiefel eines Kutschers. Tränen glänzten in seinen Augen.

»Meine Molly … meine gute Molly …«, flüsterte er und reichte mir die Hand. »Danke, Sir! Danke!«

Ich schüttelte verlegen seine Hand, aber wandte mich sogleich von ihm ab, um mich nach Holmes umzusehen.

»Hierher, Watson! Was trödeln Sie so lange dort herum?«, hörte ich ihn plötzlich zwischen den Constables auf der Kreuzung hervorrufen.

Ich folgte Holmes Ruf.

Einer der Constables erläuterte, was geschehen war, wobei Holmes ihm in einer Haltung so voller Langeweile und Missgunst zuhörte wie ein Lehrer seinem unbegabtesten Schüler.

Offenbar waren die beiden Zugtiere des umgestürzten Lieferwagens auf der Bishops Bridge Road, von Gloucester Terrace kommend, aufgrund einer Art plötzlichen Explosion durchgegangen und dann blindlings auf die Kreuzung gestürmt. Der erste Wagen touchierte den zweiten, welcher aufgrund dessen umstürzte und von der völlig verängstigten Molly in das Kurzwarengeschäft geschleift worden war, in dessen zersplitterter Tür und Schaufenster er sich plötzlich verkeilte, was zum fatalen Sturz der bedauernswerten Stute führte.

Unfälle dieser Art bildeten einen alltäglichen, wenn auch höchst bedauerlichen Anblick auf Londons überfüllten Straßen. Eigentlich hätte daher auch dieser Unfall kaum Holmes Interesse erregen sollen.

Nur behaupteten die Constables eben, dass es sich dabei um einen Unfall handelte, während Holmes darauf bestand, dass all diese Ereignisse Teil eines ausgeklügelten Attentats darstellten – dazu gedacht, jene mit dem Tuch bedeckte Gestalt neben dem Lieferwagen zu ermorden.

»Es ist mir völlig gleich, ob sich der Verkehr bis zur Paddington Station zurück staut, Constables. Ich bestehe darauf, dass Sie die Kreuzung absperren, damit ich sie nach Spuren absuchen kann!«, verlangte er.

»Erklären Sie das unserem Sergeant, verdammt noch mal!«, entgegnete der Dienstälteste der Constables, offensichtlich – ebenso wie Holmes – nahezu am Ende seiner Geduld angelangt.

»Das war Mord! Mord, Constable! Das furchtbarste Verbrechen, dessen sich Menschen überhaupt nur schuldig machen können! Und Sie tun alles, mich daran zu hindern, es auch zu beweisen«, zischte Holmes zurück.

Die Situation drohte außer Kontrolle zu geraten.

»Ich bin Arzt«, unterbrach ich den Streit. »Lassen Sie mich wenigstens einen Blick auf die Leiche werfen, Constable. Dann werden wir ja Gewissheit bekommen, ob sie einem bedauerlichen Unfall zum Opfer fiel oder einem Mord, wie Mister Holmes behauptet!«

Unschlüssig starrten die Männer mich einen Moment lang an.

Holmes schuf vollendete Tatsachen, indem er mich kurzerhand an den Constables vorüber zu dem Toten hin schob. Wir beide ließen uns bei ihm nieder und Holmes schlug das Tuch zurück.

Obwohl das Gesicht des Mannes unberührt schien, stellte ich fest, dass sein Brustkorb eingedrückt, und außerdem Arme und Beine gebrochen waren. Der Lieferwagen musste den Mann überrollt und womöglich sogar einige Fuß hinter sich hergeschleppt haben. Jedenfalls legten dies sein zerrissener Hosenboden und Mantel nahe.

Der Fremde wirkte gut genährt, war um die dreißig Jahre alt und gut gekleidet.

»Ich habe den Mann observiert, Watson. Ich weiß sicher, dass er niederfiel, BEVOR der Wagen ihn überrollte. Zweifellos ein neuer Streich unseres Freundes mit dem Luftgewehr«, flüsterte Holmes mir zu, während er den Hemdkragen des Toten öffnete, um sich an dessen Nacken nach einem jener verräterischen kreisrunden Blutergüsse umzusehen.

»Zwanzig Zeugen werden bereitwillig beschwören, dass der Mann starb, als er von dem Lieferwagen überrollt wurde. Wenn wir nicht gleich etwas finden, wird man dies als Unfall deklarieren und sicher nicht einmal eine Obduktion gestatten. Nicht auszudenken, käme unser Mörder damit ungeschoren davon, Watson!«, drängte Holmes.

Doch so sehr wir beide auch danach suchten – es waren keinerlei Anzeichen jenes typischen Blutergusses am Nacken des Toten zu erkennen. Und auch an Brust, Bauch oder Rücken des Toten fanden sich auf den ersten Blick keine Verletzungen, die auf eine andere Todesursache als eben einen Unfall hingedeutet hätten.

Inzwischen waren die Constables zu uns herangetreten und machten keinen Hehl daraus, wie sehr sie Holmes Ratlosigkeit genossen.

»Schon gut, Mister Holmes. Dass Sie sich mal irren können, beweist wenigstens, dass Sie auch bloß'n Mensch wie jeder andre sind. Ich meine, 's gab schon 'n paar in der Truppe, die ernsthaft dran gezweifelt haben!«

Nicht jedermann bei Scotland Yard oder der Metropolitan Police war ein Freund von Holmes Methoden, die vor allem vielen altgedienten Polizisten als zu neumodisch und fremdartig erschienen. So einige der Detektive, Inspektoren und Polizeisergeanten hätten Holmes daher nur zu gerne blamiert sehen wollen. Hinzu kam, dass mein alter Freund mit Kritik an seinen Methoden nicht gar so leicht umzugehen wusste, wie es zuweilen ratsam gewesen wäre.

»Wiggins?! Wo bleibt Lestrade?!«, rief Holmes über die Köpfe der Constables und die Menge der Schaulustigen hinweg.

»Ist bestimmt längst unterwegs, Mister Holmes! Muss jede Minute hier sein!«, antwortete Wiggins von irgendwoher.

Obwohl ich bezweifelte, dass Lestrade Holmes beipflichten würde, sollte er jetzt hier sein, zauberte doch allein die Nennung seines Namens einen Ausdruck von Nachdenklichkeit auf die Gesichter der braven Constables. Mit einem Inspektor von Scotland Yard war für sie nicht zu spaßen. Und, dass Holmes und Lestrade gelegentlich zusammenarbeiteten, musste jedem von ihnen bewusst sein.

Leise und peinlich berührt davon, wie man Holmes hier zum Spott machte, konzentrierte ich mich auf die Leiche zu meinen Füßen. Wenn irgendetwas an dem Fremden ein wenig ungewöhnlich erschien, dann war es dessen dichte Haarpracht, die er um einiges länger trug, als es die aktuelle Mode für wahre Gentlemen vorschrieb.

Ich bin sicher, dass Holmes und ich zur selben Zeit auf den gleichen Gedanken verfielen.

»Meine Tasche, Holmes!«, rief ich.

»Und ob, Watson! Seine Haare!«, rief Holmes aus, griff nach meiner Tasche, öffnete sie und reichte mir daraus eine Schere und ein Skalpell.

Vorsichtig schnitt ich direkt am Nackenansatz des Fremden dessen dichtes dunkles Haar ab und rasierte anschließend mit dem Skalpell den letzten Flaum.

»Da!«, sagte Holmes triumphierend und wies auf eine Rötung direkt unter dem Halsansatz des Toten.

Dort war ein kreisrunder Bluterguss zu erkennen, wie wir ihn auch schon am Nacken des toten »Geists« gefunden hatten.

Ich sah zu den Constables auf. »Ich habe den begründeten Verdacht, dass dieser Mann ermordet wurde«, verkündete ich in einem Tonfall, der keinerlei Widerspruch zuließ.

»Verdammich! Sind Sie wirklich sicher, Doktor?«

»Jedenfalls sicher genug, um dem Coroner zu empfehlen, eine Obduktion anzuordnen.«

»Scotland Yard! Machen Sie Platz!«, ertönte gleich darauf Lestrades Ruf vom Rande der dichten Traube der Schaulustigen her, die sich mittlerweile um die Leiche eingefunden hatte.

»Ah! Holmes! Und der Doktor ist auch schon da!«, bemerkte Lestrade, sobald er sich durch die Menschentraube zu uns hindurchgearbeitet hatte.

»Lestrade! Keine Minute zu früh, um einen weiteren Mord zu registrieren!«, sagte Holmes, während er dem Inspektor die Hand schüttelte.

»Ich nehme an, Sie können mir erklären, weshalb Sie hier sind und wer dieser bedauernswerte Bursche unter dem Tuch hier ist?«

Holmes steckte sich eine Zigarette an, versenkte die Hände in den Hosentaschen und warf Lestrade einen langen zufriedenen Blick zu.

»Mit Vergnügen, Lestrade.«

Zwei Fragen beschäftigten Holmes, seitdem wir uns drei Tage zuvor in der New Bond Street getrennt hatten. Die erste Frage lautete: Wie war der Geist in Sir Pennyworths Haus gelangt? Die zweite und nicht weniger wichtige Frage war: Wie hoch sei die Gefahr einzuschätzen, dass man einen zweiten Versuch unternahm, in Sir Archibalds Arbeitszimmer einzudringen?

Holmes hatte Wiggins Baker Street *Irregulars* deswegen damit beauftragt, Sir Pennyworths Haus ständig im Auge zu behalten und ihm über Kommen und Gehen dort Bericht zu erstatten.

»Unser Toter hier tauchte innerhalb von zwei Tagen viermal vor Sir Archibalds Haus auf. Wiggins kam das bemerkenswert vor. Er informierte mich darüber und ich behielt den Mann seither selbst im Auge. Er nennt sich Marcel Bonnard. Ich habe seine Vermieterin befragt. Sein wahrer Name lautet Jonathan Ryan, er ist Halbire, der sich als Franzose ausgibt und in Varietés und Music Halls mit einem Magierprogramm auftritt, bei dem er das Publikum hypnotisiert. Das erschien mir überaus interessant. Denn noch immer lautete die Frage, wie unser Geist seinerzeit unbemerkt in Sir Pennyworths Haus und dessen Arbeitszimmer eindringen konnte. Die Antwort darauf, Gentlemen, liegt sozusagen hier zu unseren Füßen. Denn jedes Mal, wenn unser falscher Franzose vor Sir Pennyworths Haus auftauchte, traf er sich mit dessen Mädchen, Sarah Simpson. Sie haben Miss Sarah Simpson kennengelernt, Lestrade. Erscheint Sie ihnen wie eine Partie für unseren Toten hier, der in einer Pension in Paddington lebt und dessen Kleider allein gut und gern zwanzig Wochenlöhne eines Dienstmädchens wert sein müssen?«

Verblüfft über Holmes Eröffnung starrte Lestrade den Toten an. »Nein, Holmes. Zumal dieser Bursche hier um ein paar Nummern zu flott aussah, als dass er sich mit einem Dienstmädchen eingelassen hätte. Zumal einem derart unattraktiven wie dieser Simpson«, brummte der Inspektor.

»Sehr richtig, Lestrade«, befand Holmes.

»Dann hat uns diese dicke Kuh also belogen, als sie sagte, sie hätte keine Ahnung, wie der kleine Chinese ins Haus kam, was, Holmes. Verdammich! Alle Achtung, hätte ich ihr nicht zugetraut«, meinte Lestrade.

»Sie hat nicht gelogen, Inspektor. Jedenfalls nicht wissentlich. Sehen Sie das denn nicht? Dieser Mann war Hypnotiseur!«

Lestrade verstand.

»Der Bursche hat sie hypnotisiert, um sie dazu zu bringen, den Chinesen ins Haus zu lassen? Raffiniert, Holmes. Das muss eine Premiere gewesen sein!«

Holmes zog stumm an seiner Zigarette. »Einen Strick sollten wir Miss Simpson daraus bestimmt nicht drehen. Er wird vermutlich dafür gesorgt haben, dass sie anschließend jede Erinnerung daran verlor. Aber unser Toter hier lehrt uns noch mehr. Offensichtlich ist man immer noch hinter Sir Archibald her. Sonst wäre schließlich nicht zu erklären, weshalb Ryan seine Besuche bei Miss Simpson fortsetzte, nachdem wir den Geist gefunden und vertrieben hatten.«

Ich wies Lestrade auf den Bluterguss am Nacken des Toten hin. Der Inspektor betrachtete ihn fasziniert, dann stieß er einen anerkennenden Pfiff aus.

»Dieselbe Waffe wie bei dem kleinen Chinesen. Diese Burschen sind nicht schreckhaft. Und halbe Sachen machen sie auch nicht. Verflixt, Holmes, das sind jetzt zwei Morde, die auf deren Konto gehen. Allmählich wird das unheimlich.«

Holmes wies auf die beiden Verletzten hin, denen man eben in eine Ambulanz half. »Zwei Morde, zwei schwere Verletzungen, Lestrade. Denn dieser Unfall war – wie ich vorhin schon unseren uniformierten Freunden begreiflich zu machen versuchte – gar kein Unfall, sondern natürlich ein Attentat. Unser Gegner ist überaus skrupellos und entschlossen.«

Holmes war überzeugt davon, dass die Pferde des ersten Lieferwagens nicht zufällig durchgingen, sondern absichtlich erschreckt worden waren. Er wies mit seinem Stock auf ein Ladengeschäft in Gloucester Terrace. »Irgendwo dort sind die Pferde durchgegangen, Lestrade. Schicken Sie ein paar Männer aus, ich bin sicher, sie werden in der Nähe Reste der Feuerwerksböller finden, mit deren Hilfe man die Pferde erschreckte.«

Lestrade befahl zwei der Constables danach zu suchen. Mürrisch setzten die sich in Bewegung.

»Ryan alias Bonnard kam auf dem Weg zu Sir Pennyworths Haus jedes Mal hier vorbei.«, erklärte Holmes weiter. »Der Mörder muss schussbereit auf einem der Dächer auf ihn gewartet haben. Er war sicher nicht allein. Ein Komplize hat währenddessen in Gloucester Terrace auf ein Zeichen von ihm gelauert. Ich denke, ich habe einen Pfiff gehört, kurz bevor ich einige Schritte hinter Ryan die Bishops Bridge Road betrat. In der folgenden Aufregung hat keiner außer mir selbst darauf geachtet, dass Ryan zusammenbrach, noch bevor die durchgehenden Pferde ihn erfassten und er von dem Wagen überrollt wurde.

Natürlich hat sich unser Mörder nach getaner Tat sogleich aus dem Staub gemacht. Was es recht zwecklos macht, jetzt noch nach ihm suchen zu wollen. Viele der Häuser hier weisen an ihrer Rückseite Feuerleitern auf. Vermutlich hat er eine davon genutzt, um auf eines der Dächer zu gelangen. Aber lassen Sie dennoch unbedingt ein paar Constables nach Zeugen suchen, Inspektor. Vielleicht haben wir ja Glück.«

Lestrade befahl einem der übrigen Constables Verstärkung herbeizuholen.

»Und Sie, Holmes, was haben Sie jetzt vor?«, erkundigte er sich anschließend.

»Ich denke, Watson und ich werden Sir Pennyworth einen Besuch abstatten.«

»Glauben Sie denn, er ist in Gefahr?«

»Sicher nicht im Augenblick, Lestrade«, beruhigte Holmes den Inspektor.

Er wandte sich ab und schritt von der Kreuzung wie ein siegreicher General von seinem Schlachtfeld.

Wir waren bereits einige Minuten stumm die Bishops Bridge Road hinabgeschritten, als ich Holmes endlich zu fragen wagte, was der Zweck unseres Besuches bei Sir Pennyworth sei, wenn Holmes ihn offenbar nicht in akuter Gefahr glaubte.

»Nun, mein lieber Watson, ich muss unbedingt herausfinden, in welcher Art und Weise Sir Archibald gewöhnlich die Papiere auf seinem Schreibtisch anzuordnen pflegt.«

Aha.

»Sehen Sie, Watson, auch wenn Sie es in Ihren Geschichten gerne behaupten, doch die Wahrheit ist niemals wirklich rundum eindeutig. Wir alle neigen zu gewissen irrationalen Handlungen. Jeder Mensch hat Ticks und hängt kleinen, seltsamen Gewohnheiten an, die rational nur schwer nachzuvollziehen sind. Ein guter

Detektiv hat dies stets in seine Arbeit mit einzubeziehen. Doch er muss auch einen Sinn dafür entwickeln, wann eine kleine Abweichung einfach nur eine Abweichung darstellt, oder sich dahinter womöglich nicht doch noch mehr und anderes verbirgt, als es zunächst den Anschein hatte. Vielleicht, und ich sage VIELLEICHT, Watson, habe ich seinerzeit diese rätselhafte Angelegenheit der verlegten Papiere zu rasch als unrelevant abgetan. Denn es gab nach allem, was wir bisher wissen, schlicht keinen plausiblen Grund für unseren Geist, diese Papiere auf Sir Pennyworths Schreibtisch anzurühren. Dennoch hat er es getan. Was mich umtreibt, was mir die letzten Tage den Schlaf raubte, war die Frage: Weshalb?«

V. Eine verblüffende Entdeckung

Sir Archibald war aufgeregt, besser noch – entsetzt. »Herrgott, Mister Holmes, ein Hypnotiseur?! Tatsächlich? Beängstigend, Gentlemen, wirklich beängstigend. Wo kommen wir hin, wenn sich Verbrecher solcher Methoden bedienen?«

Sir Pennyworths Ausruf vorangegangen war ein Vortrag darüber, wie der Geist ins Haus gelangt war und weshalb man der armen Miss Sarah Simpson keinerlei Vorwurf daraus machen durfte, ihn hereingelassen zu haben.

»Ist denn damit zu rechnen, dass diese Verbrecher einen erneuten Versuch unternehmen werden, Mister Holmes?«, erkundigte sich Sir Pennyworth besorgt.

Holmes erklärte, er könne das selbstverständlich nicht ausschließen. Doch nun, da der Hypnotiseur tot war und die Gegenseite damit rechnen musste, dass ihr Plan von Holmes aufgedeckt worden sei, schien es ihm eher unwahrscheinlich, dass man in nächster Zeit einen erneuten Versuch unternehmen würde, in Sir Pennyworths Haus einzudringen.

»Eher scheint mir, dass der Mord an Mister Ryan alias Bonnard dazu diente, eventuelle Spuren zu verwischen und das Unternehmen zu einem Abschluss zu bringen«, befand Holmes.

»Dann besteht die Gefahr, dass diese Monster ungeschoren davonkommen?«, rief Sir Archibald erschrocken.

»Ich bin Sherlock Holmes, Sir Pennyworth. Keiner von ihnen wird seiner Strafe entgehen, solange ich es verhindern kann«, sagte Holmes fest.

Dann legte er die Fingerspitzen aneinander und schloss die Augen. Beide Handlungen waren ein untrügliches Zeichen dafür, dass mein alter Freund in tiefe Konzentration versank.

»Dennoch bleibt da eine Frage, die mich nicht wieder losgelassen hat, Sir Archibald. Sie mag Ihnen gar nicht wichtig erscheinen. Dennoch muss ich leider auf eine Antwort bestehen.«

»Fragen Sie! Nur zu – heraus damit!«, bestärkte ihn Sir Pennyworth.

»Nun«, lächelte Holmes dünn, »ich verstehe nicht, weshalb unser Geist sich für die Papiere auf Ihrem Schreibtisch interessiert haben sollte. Alle anderen Details in dem Fall lassen sich plausibel erklären. Doch nicht dieses. Er muss schließlich gesehen haben, dass Sie den Code für Ihren Safe nicht auf irgendeinem Stück Papier notiert hatten, sondern im Kopf behielten. Weshalb also sollte er sich für die Dokumente auf dem Tisch interessiert haben? Es sei denn natürlich …«

»Dass ich Sie belogen habe, als ich Ihnen und dem Doktor versicherte, ich hätte den Code meines Safes im Kopf?«

»Nun ja …«

»Ich verstehe, Mister Holmes. Doch ich bin bereit, Ihnen mein Wort als Gentleman zu geben, dass ich die Kombination für den Safe nie irgendwo notiert habe, sondern tatsächlich stets aus dem Gedächtnis heraus in die Drehscheibe eingab«, versicherte Sir Archibald.

Nicht nur ich neigte dazu, seiner Erklärung Glauben zu schenken, auch Holmes schien nicht an Sir Pennyworths Aufrichtigkeit zu zweifeln.

»Falls Sie die Güte hätten, mir vorzuführen, welche Papiere seinerzeit deplatziert worden sind, Sir Archibald?«, forderte Holmes den Hausherrn auf.

Sir Pennyworth trat zum Schreibtisch, dachte einen Augenblick intensiv nach und begann dann, einige Dokumente, Journale und Dossiers auf dem Schreibtisch in drei neue Stapel anzuordnen.

Er trat einen Schritt zurück, wohl im Begriff, sein Werk als abgeschlossen zu bezeichnen, als er unvermittelt innehielt.

»Das war … ja, richtig! Der Fünfzehnte des Monats. Und an jedem Fünfzehnten pflegt meine Frau mir die Abrechnungen für die Haushaltsgelder vorzulegen!«, sagte er, wandte sich zu einem der Schränke, öffnete ihn und zog einen recht starken Ordner daraus hervor, den er zuoberst auf den Dokumentenstapel legte.

»So – genau so habe ich sowohl am ersten wie zweiten Abend des ›Spuks‹ meinen Schreibtisch verlassen, um ins Bett zu gehen.«

Sherlock Holmes, der locker am Kamin lehnte, steckte sich eine Zigarette an und betrachtete den Schreibtisch des Hausherren einige Zeit.

»Nun, Sir Archibald, zeigen Sie mir doch bitte, wie Sie die Dokumente am jeweils nächsten Morgen vorgefunden haben«, bat er.

Sir Pennyworth zog den dicken Haushaltsordner samt zwei weiteren eher starken Dossiers aus dem Stapel und platzierte sie untereinander zuoberst auf den Dokumenten.

»Genau so, Sir Archibald? Jedes Mal?«, fragte Holmes.

Pennyworth bestätigte das.

»Jetzt, nachdem Sie mich darauf aufmerksam machten, Holmes, finde ich es sogar noch seltsamer als zuvor. Was, um Himmels Willen, kann ihn an Constances Haushaltsabrechnungen und den ›Gesammelten Bauvorschriften für Londoner Stadthäuser mit einer Firsthöhe von über 28 Fuß‹ nur interessiert haben? Konnte dieser Junge überhaupt lesen? Wusste er denn überhaupt, was er da in die Hand nahm?«

Er hatte bei seinem Tod immerhin Bleistift und Papier dabei, was wohl darauf hindeutete, dass der Geist lesen und schreiben konnte.

»Rätselhaft, wirklich rätselhaft. Und sehr gut möglich, dass für die Antwort auf diese Fragen bislang zwei Menschen ihr Leben ließen …«, flüsterte Holmes und steckte sich am glühenden Ende seiner Zigarette gleich die nächste an, bevor er den aufgerauchten Stummel achtlos in den Kamin warf.

Ich hätte erwartet, dass Holmes sich Sir Pennyworths Haushaltsordner und die ›Gesammelten Bauvorschriften für Londoner Stadthäuser mit einer Firsthöhe von über 28 Fuß‹ ansehen würde, doch er blieb weiterhin tief in seinen Gedanken versunken am Kamin stehen.

»Sir Archibald … sind Sie weiterhin sicher, dass nur die beiden Sessel und der Rauchtisch verschoben worden waren?«, fragte Holmes irgendwann.

Sir Pennyworth war sich dessen absolut sicher.

Holmes ließ den Kopf hängen und versank erneut in seinen Gedanken.

Unvermittelt blickte er gleich darauf wieder auf.

»Watson! Stehen Sie aus dem Sessel auf und heben Sie ihn an!«, forderte Holmes mich auf.

Obwohl mir diese Bitte reichlich seltsam, wenn nicht ganz und gar exzentrisch erschien, tat ich, was er verlangte. Ich stand auf und hob den Sessel an.

»Wie schwer ist er? Trauen Sie unserem Geist zu, ihn angehoben zu haben?«, erkundigte sich Holmes.

»Möglich …«, antwortete ich und stellte den Sessel wieder ab.

»Jetzt den anderen Sessel, Watson!«

Ich wiederholte die Prozedur und kam zu dem Schluss, dass dieser Sessel wohl zu schwer für den schmächtigen Jungen gewesen sein musste.

»Sehr schön, Watson! So hab ich mir das gedacht! Jetzt den Rauchtisch!«

Ich trat zu dem Rauchtisch und hob auch ihn an. Er war mit seiner Marmorplatte selbst für mich keine Kleinigkeit. Unter keinen Umständen hätte der Geist ihn anheben können.

Holmes nahm jedoch kaum Notiz von meiner Expertise, sondern ließ sich mit der Lupe in der Hand auf die Knie fallen, um auf dem Fußboden zwischen Sessel und Tisch herumzukriechen.

»Diese Kratzer hier … weisen alle zum Bücherschrank! Wieso weisen die zum Bücherschrank?«, flüsterte er und wies auf drei winzige Riefen im Lack des Parkettbodens, die ohne die Lupe unmöglich zu erkennen gewesen wären.

Holmes hockte auf den Knien zwischen den Sesseln und Sir Archibalds antikem Bücherschrank am Boden.

»Bisher glaubte ich, er hätte die Möbel verrückt, um sich vom Lüftungsgitter aus eine bessere Sicht auf den

Safe zu verschaffen …«, flüsterte er, wohl mehr zu sich selbst als an sein Publikum gewandt.

Dann rutschte er auf den Knien zum Kamin zurück, wo er sich neben dem Lüftungsgitter auf dem Boden ausstreckte und eigentümlich den Kopf verdrehte.

»Sir Archibald, wenn Sie mir jetzt doch bitte die Güte erweisen, die Sessel und den Tisch möglichst so zu verrücken, wie Sie sie seinerzeit vorfanden!«, forderte Holmes.

Sir Pennyworth tat, wie ihm geheißen.

Holmes kniff ein Auge zusammen, dann das andere, verdrehte den Kopf noch um einige Grad mehr und presste sich platt gegen den Boden.

»Holmes, sind Sie sicher, dass mit Ihnen alles in Ordnung ist?«, erkundigte sich der Hausherr besorgt.

»Ging mir selten besser, Sir Archibald!«, lautete die prompte Antwort.

Einige Augenblicke verharrte Holmes weiterhin in dieser zugegeben recht gewöhnungsbedürftigen Stellung, dann sprang er plötzlich auf.

»Da ist Staub an dem Bücherschrank. In dem Staub sind Fingerspuren! Und die Kratzer im Boden weisen in exakt dieselbe Richtung!«, rief er, griff seine Lupe und lief auf Sir Archibalds mächtigen Bücherschrank zu, den er sogleich einer Untersuchung unterzog.

Atemlos vor Spannung und Erstaunen sahen wir ihm wortlos dabei zu.

»Watson! Den leichteren der beiden Sessel – hierher!«, rief Holmes und wies mir den exakten Ort an, wo er den Sessel erwartete.

Ich stellte ihn bereit.

»Was jetzt? Denk nach! So denk doch nach!«, feuerte Sherlock sich selbst an. »Die Haushaltsabrechnungen und diese Bauvorschriften, Watson! Rasch!«

Sir Pennyworth reichte mir das Geforderte, das ich wiederum Holmes weitergab, der sich, in jeder Hand einen der beiden Ordner, etwas ratlos umsah.

»Natürlich!«

Holmes legte die beiden Ordner auf den Sessel und untersuchte ihre Einbände mit seiner Lupe. Nachdem das erledigt war, sah er zu mir auf.

»Wie groß war der Geist, Watson, was meinen Sie? So? Oder eher so groß?«, rief Holmes und bedeutete mit seiner rechten Handkante eine Stelle an der glänzenden Oberfläche des Schranks.

»Eher einen halben Inch kleiner, Holmes!«, beschied ich ihn.

Holmes untersuchte, etwa auf der Höhe, die ich ihm angegeben hatte, die Oberfläche des Schranks wieder mit seiner Lupe.

Immer noch hatte ich nicht die allergeringste Ahnung, weshalb Holmes sich plötzlich so sehr für diesen verflixten Bücherschrank interessierte, wenn Lady

Constances Rubin sich doch all die Zeit auf der anderen Seite des Zimmers im Safe befunden hatte.

»Noch mehr Spuren!«, verkündete Holmes.

Nun ja.

»Was sage ich immer, Watson …?«

»… dass immer dann, wenn man das Mögliche plausibel ausgeschlossen hat, das Unmögliche die Wahrheit sein muss, so unglaublich sie einem auch erscheinen mag?«, sagte ich.

»Das zwar auch, aber in diesem Fall bezog ich mich auf etwas anderes. Nämlich darauf, dass selbst ich hin und wieder dumme Fehler mache.«

Ich konnte mich zwar nicht daran entsinnen, wann er dies mir gegenüber geäußert haben sollte, doch ich enthielt mich wohlweislich eines Kommentars.

Holmes stieg auf die beiden Ordner auf dem Stuhl. Wegen seiner beachtlichen Größe stieß sein Kopf dabei beinah an der Raumdecke an.

»Hier sind noch mehr Kratzer in der Politur!«, verkündete er und stieg herab.

»Jetzt spannen Sie uns gefälligst nicht länger auf die Folter, Holmes!«, verlangte ich.

»Er hat den Sessel hier herangebracht, wohl halb gezogen, halb getragen. Dann legte er die beiden Ordner darauf und stellte sich auf sie. Obwohl er sie saubergewischt hat, sind Spuren seiner Füße daran zurückgeblieben. Hier am Schrank sind Kratzer in der Politur, die exakt zu dieser Sessellehne passen. Etwas über der Höhe seines Kopfes aber finden sich Schmutzreste am Furnier. Das Mädchen hat sie nicht weggewischt, weil sie sich bestimmt nur alle paar Wochen die Mühe macht, auch den oberen Teil des Schranks sauberzuwischen. Vermutlich benutzt sie dafür eine Leiter, denn ganz am Rand der oberen Deckleiste sind feinste Kratzer, die dazu passen würden«, erklärte Holmes.

Weder der Hausherr noch ich hatten einen Grund an Holmes Beobachtungen zu zweifeln. Dennoch ergaben sie andererseits auch keinen Sinn.

»Was wollte er nur an dem Schrank, wenn der doch mindestens zehn Fuß vom Safe entfernt ist?«, fragte Sir Archibald. »Es sind nur Bücher drin. Die meisten davon nicht einmal sonderlich wertvoll.«

Holmes steckte die Hände in die Hosentaschen und starrte den Schrank so fest an, als reichten allein seine Blicke aus, das verflixte Ding zum Sprechen zu bringen.

»Sir Archibald, woher haben Sie diesen Schrank?«, fragte er plötzlich.

»Er war ein Geschenk meiner Frau. Ich habe ihn vor einigen Monaten zufällig bei einem Trödler entdeckt und war sofort hingerissen davon. Er stammt aus dem frühen 18. Jahrhundert. Der Trödler hat zweifellos das schlechtere Geschäft gemacht, als er ihn meiner Frau verkaufte.«

Holmes warf Sir Archibald einen verblüfften Blick zu. »Dann ist das kein Erbstück?«

»Nein, Mister Holmes, das sagte ich doch gerade.«

Holmes atmete einige Male tief ein und aus. »Wie unglaublich dumm von mir, es ging niemals um den Rubin, sondern einzig und allein um diesen verdammten Schrank!«, rief er aus, warf die beiden Ordner von dem Sessel, stieg dann darauf und untersuchte konzentriert den oberen Teil des Schrankes.

»Da!«, rief er plötzlich aus.

Er bewegte eine der Schnitzereien an der oberen Schmuckleiste des Schranks. Ein Teil der Schmuckleiste schwang zurück und gab den Blick in eine Art schmales Geheimfach frei. »Das 18. Jahrhundert! Jeder, der etwas auf sich hielt, ließ damals seine Möbel mit Geheimfächern versehen!«

Holmes griff in das verborgene Fach und brachte nacheinander drei schwere Ledersäckchen daraus hervor, die er mir einen nach dem anderen zuwarf.

Er stieg von dem Sessel herab und gemeinsam mit dem völlig verblüfften Hausherrn schütteten wir den Inhalt der Beutel auf den Rauchtisch.

»*Dies* – nicht der Familienschmuck Ihrer Frau – war, was der Geist bei Ihnen suchte, Sir Pennyworth«, flüsterte Holmes und wies auf die Rubine, Smaragde, Diamanten, Goldmünzen, schwarzen und grauen Perlen, die aus den Beutelchen gefallen waren. Einige der Münzen waren über dreihundert Jahre alt. Und auch die Schmuckstücke schienen aus dieser Zeit zu stammen.

»Das ist ja ein Vermögen!«, machte Sir Archibald seiner Überraschung Luft.

»Ein Vermögen, für das immerhin zwei Menschen ihr Leben lassen mussten«, ergänzte Holmes kühl.

Er sandte Edwards mit einem Telegramm an Lestrade aus und bestand darauf, unverzüglich den Trödler aufzusuchen, in dessen Geschäft Lady Constance Pennyworth den Schrank erworben hatte.

»Sehen wir, was der Mann zu sagen hat«, rief Holmes, während wir vor Sir Pennyworths Haus in ein Hansom-Cab sprangen. Ich fand Holmes Eile nicht unbegründet. Immerhin könnte jener Trödler gewusst haben, woher dieser Schrank gekommen war, und den ursprünglichen Eigentümer jenes Schatzes identifizieren, der da so unverhofft in Sir Pennyworths Schoß gefallen war. Und, so sagte ich mir, wer sonst als dieser frühere Eigentümer sollte zwei Morde begangen haben, um an den Inhalt dieses Geheimfachs zu gelangen? So fand ich es nur angemessen, meinen Revolver zu überprüfen, während wir von Paddington nach Chelsea rollten.

VI. Ein Offizier und Gentleman

Der Trödler nannte sich Bartholomew Miller und sein Geschäft befand sich im Hinterhof eines Hauses in der Fulham Road am Rande von Chelsea. Lestrade erwartete uns bereits dort. Holmes setzte ihn ins Bild. Der gute Inspektor war über die unerwartete Wendung, die der Fall genommen hatte, verblüfft.

»Dann ging es ihnen nie um diesen Montclair-Rubin? Was für ein Reinfall, Holmes!«

Mein alter Freund hätte die letzte Wendung des Falls zwar sicher nicht als »Reinfall« bezeichnet, aber verzichtete darauf, Lestrade dies auch mitzuteilen, und erkundigte sich stattdessen danach, was Lestrade in Paddington gefunden hatte.

»Sie hatten recht, Holmes. Vor diesem Geschäft fanden die Männer Reste von zwei Packungen Chinaböller und in einem der Häuser auf der gegenüberliegenden Straßenseite sah ein Dienstmann angeblich einen grauen Schatten über die Feuerleiter huschen.«

Befriedigt nahm Holmes Lestrades Angaben zur Kenntnis. »Das war dann eher kein Reinfall, was, Inspektor?«, merkte er befriedigt an.

Lestrade zog es vor, das nicht weiter zu kommentieren.

»Wem gehört eigentlich der Schatz in dem Schrank, Lestrade?«, erkundigte ich mich neugierig.

Lestrade legte die Stirn in Falten. »Sir Pennyworth, nehme ich an. Ob er von dem Fach wusste oder nicht ist gleich. Er hat den Schrank gekauft, also gehört er ihm und zwar mit allem, was darin war.«

Holmes wies auf den Durchgang zum Hof. »Wir sollten nicht noch mehr Zeit vertrödeln, Gentlemen. Hören wir doch, was Mister Bartholomew Miller zu all dem zu sagen hat.«

»Wenn er denn überhaupt etwas dazu zu sagen hat«, sagte Lestrade, der gern das letzte Wort behielt.

Wir betraten den Hof.

* * *

Mister Bartholomew Miller war ein fülliger Mann Ende vierzig und verständlicherweise erstaunt über einen Besuch von Sherlock Holmes und Scotland Yard. Sein kleines Geschäft war eine Mischung aus Kuriositätenkabinett und Kunstgalerie. Es fanden sich darin Gegenstände und Artefakte aus allen Ecken der Welt, vom Federschmuck eines amerikanischen Indianerhäuptlings über alte englische Kupferstiche bis hin zu venezianischen Möbeln und gewichtig in Kalbsleder gebundenen deutschen Büchern.

Lestrade erklärte ihm, weswegen wir gekommen waren.

»Himmel Herrgott, Inspektor, ein verborgener Schatz ist der Traum jedes Antiquitätenhändlers und ich lass ihn mir einfach so durch die Finger rinnen!«, rief er aus, sobald Lestrade mit seinen Erklärungen zu Ende war. »Doch das geschieht mir ganz recht. Ich hätte dieses verfluchte Ding nie anrühren sollen, Inspektor. Nichts als Ärger hatte ich damit und zwar von der ersten Minute an.«

Miller führte uns in sein Büro, das voller Kuriositäten war, aber auch vier gemütliche Clubsessel und einen riesigen Schreibtisch aufwies. Er bot Zigarren an, ließ von seinem Shopgirl Tee kochen und berichtete dann, wie er zu Sir Pennyworths Schrank gekommen war.

Er hatte ihn aus einer Wohnungsauflösung bei einer Dame namens Willoughby heraus erworben. Eigentlich sei Miller nur aus einer gewissen Verlegenheit heraus dort erschienen, denn obwohl man nie wissen konnte, welche Schätze bei solchen Gelegenheiten auftauchten, sei er recht skeptisch gewesen. Die alte Dame lebte in einer kleinen Wohnung in Battersea und man wisse ja, das sei nicht die allerfeinste Gegend. Außerdem seien die ärmeren Viertel voll von »Geiern«, die sich nur so auf eine Gelegenheit wie diese stürzten, um ihre Geschäfte zu machen. »Sie musste mal bessere Zeiten gesehen haben, Mister Holmes, das war den paar Stücken, die übrig geblieben waren, anzusehen«, erklärte er. Der Schrank und ein kleiner Beistelltisch waren jedoch alles, was

Miller aus Miss Willoughbys Nachlass erwarb. Der Rest, so versicherte er uns, sei »Plunder« gewesen, vielleicht ja gerade gut genug für einen Wohltätigkeitsverein in Whitechapel, jedoch nichts, womit ein so renommiertes Geschäft wie Millers sich abgeben würde. Miller glaubte zunächst, ein gutes Geschäft gemacht zu haben, als Lady Pennyworth den Schrank entdeckte und ihm abkaufte. »Sie hat nicht einmal versucht, den Preis zu drücken«, versicherte er uns mit einem Ausdruck, als sei dies der Gipfel der Dummheit. Damit hätte die Angelegenheit für Miller eigentlich erledigt sein sollen. Doch das war sie nicht. »Vor etwa vier Wochen kommt dieser Mann in mein Geschäft. Er ist wütend und bezichtigt mich des Diebstahls, Betrugs und was weiß ich nicht sonst noch. Er behauptet, er sei Miss Willoughbys Neffe und gerade aus Indien zurückgekehrt. Aber ich kann Ihnen flüstern, Inspektor, egal, was der behauptete, der war kein Offizier und Gentleman. Hatte zwar die Kleider und die Haltung dafür, aber nicht das Benehmen. Drohte mir mit seinem Advokaten und wollte unbedingt wissen, wohin ich den Schrank verkauft hätte. Es ist aber eiserner Grundsatz bei mir: Ist ein Stück erst mal verkauft, erfährt der ursprüngliche Verkäufer nicht wohin. Gibt zu viele Leute, die sich ihre Geschäfte später noch mal überlegen und sie dann rückgängig machen wollen. Denen die Namen der Käufer zu verraten, bringt nichts als Ärger. Hab ich alles schon durch, meine Herren, glauben Sie mir.«

Holmes und Lestrade tauschten einen langen Blick. »Und Sie haben nicht zufällig die Karte dieses wütenden jungen Mannes aufgehoben, Miller?«, erkundigte sich Lestrade.

Miller bedauerte. »Hat mir keine Karte gegeben, der Bursche. Aber das ist ja auch noch gar nicht das Ende der Geschichte. Denn vier Tage nach seinem Auftritt hier ist bei mir eingebrochen worden. Zwar fehlte nichts, aber meine Bücher und Quittungen waren durcheinandergebracht worden. Hab mir gleich gedacht, dass dieser feine angebliche Gentleman dahinter steckt.«

Das war sicher nicht einmal übertrieben, dachte ich.

»Wenn er schon keine Karte hinterlassen hat, Miller, können Sie sich wenigstens an seinen Namen entsinnen?«, fragte Holmes.

Miller nickte eifrig. »Nannte sich Captain Terence Young. Dunkle Haare, glatt, kurz, rötliche Haut und füllig. Also ich würde es ja nicht gleich beschwören wollen, aber solche rote Haut, die kennt man ja von Trinkern, Gentlemen.«

Das war immerhin etwas, womit sich arbeiten ließ, dachte ich.

»Und Sie haben seither wirklich nie wieder von diesem Mann gehört, Miller?«, fragte Lestrade.

Miller schüttelte den Kopf.

»Hatte die Sache ja schon fast vergessen, bis Sie und Mister Holmes hier auftauchten, Inspektor.«

Holmes hielt die Augen geschlossen und hatte sich in dem Clubsessel zurückgelehnt. Plötzlich sprang er jedoch auf und verlangte ein Who's Who.

Verblüfft sandte Miller sein scheues Shopgirl aus, eines aufzutreiben. Es dauerte nicht lang, bis sie mit einem älteren, etwas abgewetzten Exemplar zurückkehrte.

»Sie irren sich, wenn Sie glauben, Youngs gerötete Haut sei Ergebnis seines Hangs zum Alkohol. Sie weist viel mehr darauf hin, dass er wirklich erst kürzlich aus Indien zurückkehrte, wo er über längere Zeit der Sonne ausgesetzt gewesen war – als Offizier im Feld zum Beispiel«, erklärte Holmes, während er das Buch durchblätterte. »Ist es nicht üblich, dass Offiziere bis zum Rang eines Captains selbst Patrouillen anführen, Watson?«

Ich bestätigte das.

Sehr zu Millers Verblüffung wies Holmes gleich darauf auf einen Eintrag:

Captain Terence Young,
geboren 12. August 1858,
zweiter Sohn von Lord James Caldwell-Young,
First Irish Fusiliers.

Der brave Mister Bartholomew Miller schlug vor Überraschung und Erstaunen mit der flachen Hand heftig auf die Sessellehne. »Bei Joves, Mister Holmes! Ich wäre ja nie auf die Idee gekommen, diesen Angeber so wichtig zu nehmen, um tatsächlich im Who's Who nach ihm zu suchen!«, rief er aus.

Lestrade steckte sich Millers geschenkte Zigarre zwischen die Zähne und stand auf. »Holmes ist eben immer wieder für die ein oder andere Überraschung gut«, grinste er.

Nachdem Lestrade Miller darauf hinwies, unseren Besuch bei ihm möglichst für sich zu behalten, verabschiedeten wir uns.

Wir eilten zur Straße zurück, wo wir ein Hansom-Cab herbeiwinkten und uns zum *Indian Army Club* in der Pall Mall aufmachten, in dem man uns vermutlich Auskunft über Captain Youngs gegenwärtige Adresse erteilen konnte.

Obwohl man im *Indian Army Club* nicht erpicht darauf war, Auskunft über Clubmitglieder zu erteilen, konnte man die einem Inspektor von Scotland Yard nur schwer verweigern, sodass wir nach wenigen Minuten die Adresse eines Hauses in Hammersmith hatten.

»Sie haben Ihren Revolver dabei, Watson?«, erkundigte sich Lestrade grimmig.

»Und ob, Lestrade«, entgegnete ich kurz angebunden.

Wir alle waren vom Jagdfieber ergriffen und es wäre eine Lüge, zu behaupten, dass ich solche Augenblicke nicht aufs Höchste genoss.

* * *

Das Haus war ein Neubau und in drei Wohnungen aufgeteilt, die jeweils eine Etage einnahmen. Es lag in der Queen Caroline Street, in einer Gegend, die von Beamten und kleinen Angestellten bewohnt wurde. Nicht ganz die Adresse, die man vom Sohn eines Lord Caldwell-Young erwarten durfte, nahm ich an.

Lestrade klopfte kräftig an Captain Youngs Tür, doch Holmes hinderte ihn daran, dazu auch sein übliches »Scotland Yard! Öffnen Sie!« auszurufen.

Captain Young trug nur ein Unterhemd und eine Uniformhose, als er schließlich öffnete und seine Besucher erstaunt betrachtete.

»Was wollen Sie?«, brummte er.

»Mit Ihnen reden, Captain!«, antwortete Holmes und stellte den Fuß in die Tür.

Es war nicht zu übersehen, dass Young getrunken hatte. Ich war überdies sicher, dass er nicht nur heute Abend, sondern wahrscheinlich seit Tagen getrunken haben musste.

Weil der Captain immer noch keine Anstalten machte, uns hereinzubitten, ergriff Lestrade die Initiative und hielt ihm seinen Revolver an den Kopf. »Lestrade, Scotland Yard!«, sagte er.

Young trat instinktiv einen Schritt zurück. Er starrte einen Moment mit einem Ausdruck zwischen Verblüf-

fung und Unglauben auf die Waffe in Lestrades Hand. Dann brach er in ein erleichtertes Lachen aus.

»Oh Gott, dann ist es endlich vorbei!«, rief er, gab die Tür frei und winkte uns, ihm in die Wohnung zu folgen.

Verblüfft, aber nicht bereit, ein unnötiges Risiko einzugehen, hielt Lestrade weiterhin seine Waffe auf ihn gerichtet.

Abgesehen von einem alten Tisch, zwei Stühlen und einem Feldbett war die Wohnung leer. Auf und unter dem Tisch fanden sich allerdings allerhand Gin- und Whiskyflaschen. Die überwiegende Mehrzahl davon war bis zum letzten Tropfen ausgetrunken. Der Captain hatte sich offenbar in den letzten Tagen vornehmlich flüssig ernährt.

»Setzen Sie sich, Gentlemen«, forderte er uns auf. »Setzen Sie sich und hören Sie mir zu!«

Holmes nahm Platz, schlug die Beine übereinander und legte die Fingerspitzen zusammen.

Lestrade zog es jedoch vor, stehen zu bleiben. Ich war sicher, er hielt unter dem Mantel seine Finger um den Griff seines Revolvers geschlossen. Bereit, jederzeit einzugreifen, sollte der Captain Zuflucht in Gewalt suchen oder einen plötzlichen Fluchtversuch unternehmen.

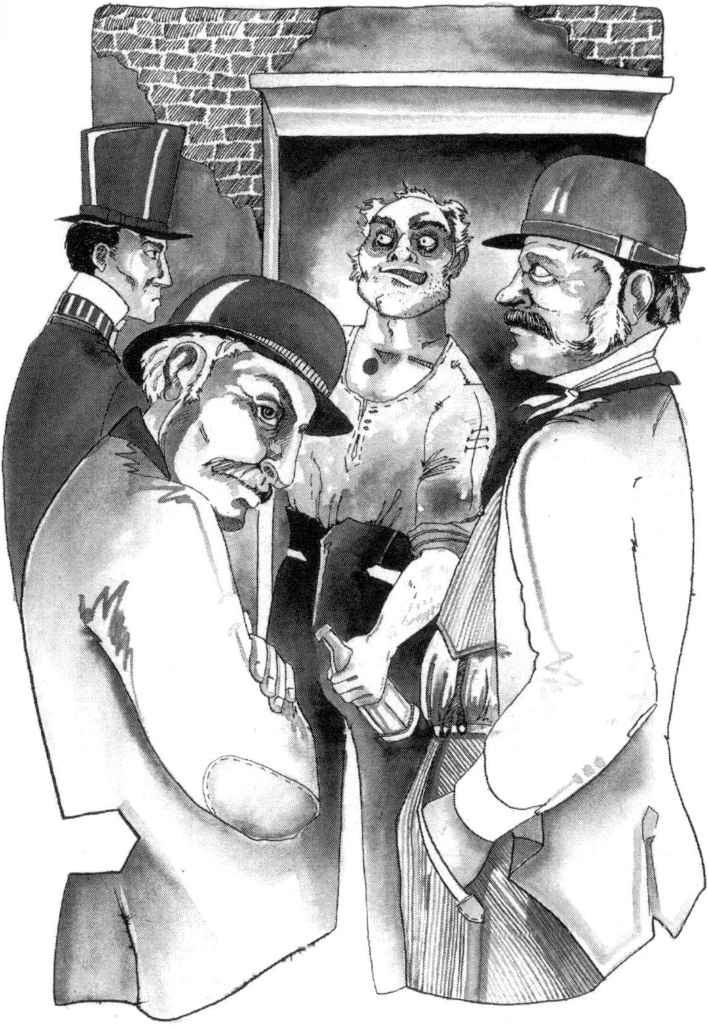

* * *

Captain Young war als jüngster Sohn Lord Caldwell-Youngs nie ein Anwärter auf den Titel gewesen und daher von Anfang an auf eine Armeekarriere vorbereitet worden.

Lady Caldwell war früh gestorben und der Lord ein abweisender und gefühlskalter Mann, der seine Söhne mithilfe ganz besonderer Härte auf die Herausforderungen ihres Erwachsenenlebens vorzubereiten pflegte.

Doch währende Captain Youngs Bruder Richard sich schon früh für das Soldatendasein begeisterte, war der spätere Captain Young ein Träumer, der der Poesie und den schönen Künsten zugeneigt war. In Eton geriet Captain Young in schlechte Gesellschaft, einzig sein guter Name verhinderte, dass man ihn der Schule verwies. Nachdem er mit einigen Schwierigkeiten seinen Abschluss machte, zwang Lord Caldwell ihn, in die Armee einzutreten. Nach seiner Ausbildung sandte man ihn auf einen abgelegenen Posten im indischen Hinterland.

»Ich hasste jede Minute, die ich in der Armee verbrachte, Gentlemen. Und ich verabscheute meinen Vater. Der einzige Mensch, der mir je bedingungslose Zuneigung entgegenbrachte, war meine Gouvernante Miss Amelia Willoughby. In den dunklen Stunden meiner Kindheit war sie es, die mir die Tränen trocknete und mich nach meinen Alpträumen in die Arme nahm, um mir ein Schlaflied vorzusummen. Sie war die einzige Mutter, die ich je hatte.

So stellen Sie sich meine Verzweiflung vor, als mein Vater, wohl wissend, wie sehr ich an ihr hing, mich am Tag meiner Abreise nach Eton in sein Arbeitszimmer bestellte und mich aufforderte, meine liebe Miss Amelia aus den Diensten der Familie zu entlassen. Wohlgemerkt, ich – nicht er – sollte ihr die Nachricht überbringen. Lord Caldwell hielt es für eine gute Übung im Umgang mit Untergebenen.

Fünfzehn Jahre hatte sie der Familie treu gedient und nun forderte er mich auf, sie einfach wegzuwerfen, wie einen alten Lumpen?

Nicht einmal die übliche Abfindung oder Pension gestand er ihr zu. Sie hatte ihr Leben lang für fremde Leute gearbeitet und alles, was sie ihr Eigen nannte, passte in eine lächerlich kleine Reisetruhe. Wo sollte sie hin? Wie sollte sie sich in dieser so unbarmherzigen Welt über Wasser halten?

Ich flehte, ich bat und bettelte, bis mein Vater sich zum ersten und wohl auch einzigen Mal in seinem Leben erweichen ließ und ihr immerhin einen alten Schrank, ein paar Stühle, ein Beistelltischchen und einige abgelegte Kleider meiner Mutter zugestand. Außerdem, so versicherte er mir leichthin, würde sie für die ersten Monate gegen eine kleine Miete in einem seiner Londoner Mietshäuser unterkommen können.

Einige Zeit glaubte ich, mein Vater hätte zu guter Letzt doch noch so etwas wie den Ansatz einer menschlichen Regung gezeigt, da erfuhr ich, dass er sie, noch an dem Tag, an welchem ich mich nach der Armeeausbildung nach Indien einschiffte, bei Nacht und Nebel aus ihrer Wohnung vertrieb.

Selbstverständlich ließ er es sich nicht nehmen, dies mir in einem seiner seltenen Briefe mitzuteilen. Es sollte mir, so schrieb er, als Warnung und Belehrung dienen. Eine zu enge Bindung zwischen Herrschaft und Untergebenen sei, wie er es ausdrückte, ein Symptom ›charakterlicher Deformation‹ und daher eines Caldwell unwürdig.«

Captain Young verfluchte seinen Vater und schrieb ihm zurück, dass sie von nun an geschiedene Leute seien. Lord Caldwell-Young nahm seinen Sohn beim Wort. Er stellte fortan jegliche finanzielle Unterstützung ein und rührte auch keinen Finger mehr, um die Karriere des Captains zu befördern. Von seinem Posten in Indien aus versuchte Young zwar alles, was in seiner Macht stand, um eine Spur von Miss Amelia zu finden, doch erwies sich dies als vergeblich. In seiner Einsamkeit und Verzweiflung verfasste er einen Roman und einen Gedichtband, die er beide Miss Amelia Willoughby widmete. Doch verhinderte, wie er glaubte, sein Vater deren Veröffentlichung.

»So weit ging die Verleugnung seines Sohnes dann doch nicht, als dass er zugelassen hätte, dass er den guten Namen Caldwell-Young etwa durch Romane und Gedichte in den schmutzigen Klatsch der Literatenclubs einführte«, erklärte der Captain.

In kleineren Gefechten während einiger Unruhen gelang es Captain Young, sich durch besondere Tapferkeit auszuzeichnen. Er wurde dafür mit einem Posten in Shimla, Kaschmir belohnt. Sogar die *Times* fand seinen Mut einer Erwähnung wert. Shimla war die Sommerresidenz der Kolonialregierung. Sein neuer Posten katapultierte den Captain aus der Einsamkeit des Hinterlands hinaus, mitten in den Trubel von Politik und Gesellschaft. Und hier in Simla erreichte ihn endlich auch Nachricht von Miss Willoughby.

»Wussten Sie, dass der erste Caldwell-Young ein Pirat war, Gentlemen? Sicher nicht. Meine Familie tut schließlich alles, was in ihrer Macht steht, um diesen Teil der Familiengeschichte geheim zu halten. Dennoch war es so. Ausgestattet mit einem Kaperbrief Elisabeths I. legte der erste unserer Linie den Grundstein des Familienvermögens durch Totschlag, Raub und Mord. Es hatte immer schon Gerüchte gegeben, dass ein Teil des Schatzes immer noch irgendwo in einer geheimen Kammer des Familiensitzes oder unter den Bäumen des umliegenden Parks vergraben sei. Mein Urgroßvater, so geht das Gerücht, hätte als junger Mann fieberhaft danach suchen lassen, angeblich ohne Erfolg. Er war ein Schacherer und Geizkragen, der sich an Sklavenschiffen beteiligte und seine junge Frau, meine Urgroßmutter, in den Wahnsinn trieb, nachdem sie ihm den gewünschten Erben geschenkt hatte. Doch ich glaube, sie hat den Schatz gefunden. Wahrscheinlich war er ja wirklich irgendwo im Haus verborgen. Es muss ihr eine unglaubliche Genugtuung gewesen sein, ihn vor ihm in diesem Schrank zu verstecken. Miss Amelia hatte von meinen sogenannten Heldentaten in der *Times* gelesen und mir diesen Brief geschrieben. Welch Ironie des Schicksals, als sie mir darin mitteilte, dass sie zufällig ausgerechnet in jenem alten Schrankungetüm, das mein Vater für sie von irgendeinem Speicher hatte herabholen lassen, den Rest des Piratenschatzes fand!«

Bislang hatte der Captain seine Schilderungen in einem gelassenen, etwas schleppenden Tonfall vorgetragen, selbst die Erwähnung der Verfehlungen seines Vaters hatte ihn kaum dazu gebracht, seine Stimme zu erheben. Nun aber ging eine Veränderung mit ihm vor. Er zeigte ein gehässiges Lächeln und seine Augen nahmen einen neuen Glanz an.

»Also nahmen Sie Urlaub von der Armee, um nach England zu segeln und sich mit Miss Willoughby darüber zu beraten, was nun geschehen soll?«, fragte Lestrade.

Holmes gefiel das offenbar nicht. Denn er warf Lestrade einen strafenden Blick zu.

»Es dauerte Wochen, bis ich meinen Urlaub bekam und die Überfahrt antreten konnte. Sie hatte – zweifellos aus Rücksicht auf mich – in ihrem Brief nichts von ihrer Krankheit erwähnt. Als ich London erreichte, war sie bereits seit einer Woche tot und begraben. Nichts war mehr geblieben von ihr. Ein Nachbar erinnerte sich daran, dass ein gewisser Miller aus Chelsea unter denen gewesen war, die wie Aasgeier über ihren Nachlass hergefallen waren.

Ich suchte den Mann auf, um ihm die besonderen Umstände meiner Lage zu erklären. Doch er hörte mir ja kaum zu, sondern bestand nur immer wieder auf seine dummen Prinzipien. Ein Leichenfledderer und Prinzipien, das ist ja lachhaft, Gentlemen, einfach nur lachhaft! Ich wollte doch weiter nichts, als mit den Leuten sprechen, denen er diesen verfluchten Schrank verkauft hatte. Wissen Sie, wie lächerlich gering der Sold eines Armycaptains heutzutage ist? Nach der kostspieligen Überfahrt konnte ich meiner lieben Miss Willoughby ja nicht einmal einen würdigen Grabstein bezahlen! Mein feiner Bruder lieh mir etwas Geld. Sie hätten erleben müssen, wie er mich behandelt hat, schlimmer noch als irgendeinen x-beliebigen Bettler! Sehen Sie sich nur einmal um, was für einen Palast er mir zur Verfügung gestellt hat.«

Ein abfällig-böses Lächeln strich über Youngs Lippen, er griff nach einer der Ginflaschen und trank sie mit einem einzigen kräftigen Schluck aus. »Selbstverständlich sagte ich ihm nichts von Miss Willoughbys Entdeckung. Das wäre auch noch schöner gewesen, nicht wahr? Er schwimmt schließlich in Geld und

mein Vater tut alles, um seine Karriere im Foreign Office zu befördern.«

Young drehte die Ginflasche um und sah versonnen zu, wie einige letzte Tropfen daraus auf den Boden fielen.

»Wir wissen, dass Sie in schlechte Gesellschaft geraten sind, Captain. Sie dürfen sich keine Schuld an dem geben, was geschehen ist«, sagte Holmes. »Man kann einem Mann auch gar nicht vorwerfen, dass er zuweilen seine Sorgen mit einem Schluck aus der Flasche ertränkt oder Vergessen am Spieltisch sucht.«

»Woher wissen Sie, dass ich … gespielt habe?«, fragte der Captain konsterniert. Er betrachtete Holmes, als sah er ihn gerade jetzt zum ersten Mal. »Oh, ich habe von Ihnen gehört, Sie sind dieser Detektiv aus den Geschichten im *Strand-Magazine*, aber ich hielt Sie bisher für eine bloße Erfindung. Mein Fehler!«

Ich kannte meinen alten Freund gut genug, um zu ahnen, wie sehr ihn Captain Youngs Ansicht, dass er nur eine Erfindung sei, aufregen musste. Doch wie zuvor ließ er sich nichts davon anmerken.

»Was hat mich verraten?«, fragte Young, seine Blicke plötzlich gehetzt und nervös.

Holmes wies auf die Hosen des Captains. »Vor dem Indian Army Club hat man eine Baugrube für die Erweiterung der Metropolitan Line ausgehoben. Nirgendwo sonst in London findet man Erde in solch rötlichen Brauntönen. Selbst nach dem Trocknen haben die Schmutzspritzer an ihren Hosensäumen nichts von ihrer charakteristischen Farbe verloren. Zwar ist im Indian Army Club jegliches Glücksspiel untersagt, doch gleich gegenüber liegt das Casino Royale. Sie selbst deuteten ja an, Ihr Bruder sei nicht besonders großzügig gewesen. Daher gehe ich davon aus, Sie haben nichts von Ihrem Geld an ein Hansom-Cab verschwendet, sondern sind mit der Metro- politan zur Pall Mall gefahren. Erreicht man Pall Mall mit der Metropolitan Line, so bleibt einem jedoch gar nichts weiter übrig, als dicht an der Baugrube entlang das Casino zu betreten. Doch am Rand sind Straße und Bürgersteig voll feuchten Aushubs.«

»Bravo, Mister Holmes! Bravo!«, rief Young verblüfft aus.

Lestrade gingen diese Beifallsbekundungen jedoch zu weit. Selbst wenn sie eindeutig sarkastisch gemeint waren. »Wir wissen, dass Sie nicht allein gearbeitet haben, Captain. Also, wer waren die Übrigen und wie haben Sie mit ihnen Kontakt aufgenommen?«, fragte er.

»Gar nichts wissen Sie, Inspektor!«, rief Young und wandte sich dann mit einem flehenden Blick an

Holmes. »Sie sind ein Gentleman, Mister Holmes, Sie müssen mir glauben, dass ich nicht ahnen konnte, dass diese Verbrecher soweit gehen würden, wegen dieses Schatzes zwei Menschen zu ermorden. Alles, was

ich bei ihnen bestellte, waren ein einfacher Einbruch in Millers Geschäft und dann ein zweiter, um bei dem Käufer des Schranks den Schatz zu sichern. Ich war verzweifelt und allein und es schien mir nur angemessen, mir mein Erbe zurückzuholen. Jener Fremde, der mir das Geschäft vorschlug, war ein Gentleman, daran besteht gar kein Zweifel. Ich kenne ja noch nicht einmal den Namen des Mannes, bei dem sie nach dem Schatz suchten, Holmes!«

Young unterbrach sich und schritt dann aufgeregt einige Male die volle Länge des Raumes ab. »Ich hätte klüger sein sollen. Dieser verdammte Schatz wurde durch Raub, Mord und Blut erworben. Und was einmal mit Blut erworben worden ist, das verlangt nach immer neuem und neuem Blut!«, rief er schließlich verzweifelt aus. Er war über die Maßen aufgeregt und hätte vermutlich alles getan, um Holmes von seiner Aufrichtigkeit zu überzeugen.

»Die Namen, Mann!«, rief Lestrade. Er sprang auf und ging, die Hände zu Fäusten geballt, auf den Captain zu.

Irgendwo ganz in der Nähe zersplitterte plötzlich Glas.

Der Captain schwankte und ließ die leere Ginflasche fahren, die über den Boden davonrollte. Auf seiner Brust wuchs ein blutroter Fleck. Ungläubig starrte er mit geweiteten Augen darauf herab.

Lestrade verharrte mitten in seiner Bewegung. Holmes sprang etwa zugleich mit mir selbst von seinem Stuhl auf.

»Watson! Schnell!«

Doch es war klar, dass für den Captain jede Hilfe zu spät kam. Er sank auf die Knie und schlug dann dumpf zu Boden.

Ich beugte mich zu ihm herab, während Lestrade mit gezücktem Dienstrevolver zu einem der beiden hohen Fenster stürmte und dessen Vorhänge beiseite riss.

»Er ist gegenüber, Holmes!«, brüllte Lestrade.

Ich hielt Captain Youngs Hand, während allmählich jegliches Leben aus seinen Augen schwand.

»Die Namen, Young! Sagen Sie uns die Namen!«, bedrängte ihn Holmes.

Mit einem furchtbaren Gurgeln fiel der Kopf des Captains zur Seite, ohne dass es ihm gelungen wäre, noch ein letztes Wort über die Lippen zu bringen.

Lestrade lief an mir vorüber zum Korridor und ins Treppenhaus. Zweifellos, um nach unten, über die Straße hinweg und ins gegenüberliegende Haus zu gelangen, wo der Schütze sich verborgen haben musste, der durch eines der Fenster hindurch auf Captain Young geschossen hatte.

Holmes sprang auf und lief zum Fenster. Darauf bedacht, außer Sicht des Schützen zu bleiben, presste er sich daneben an die Wand und streckte seinen Kopf nur so weit hervor, um gerade so die gegenüberliegende Straßenfront erkennen zu können.

»Es ist die Wohnung in der dritten Etage, Lestrade! Das zweite Fenster von links!«, rief er, wandte sich ab und stürmte Lestrade hinterdrein zum Treppenhaus.

Ich schloss Captain Youngs Augen, zog meinen Revolver und folgte Holmes.

Holmes und Lestrade waren mir weit voraus und gerade dabei, im gegenüberliegenden Haus zu verschwinden, sobald ich die Straße erreichte. So betrat ich die Wohnung, von der aus geschossen worden war, erst einige Zeit nach meinen beiden Gefährten.

Sie war völlig leer. Die Wohnungstür wirkte unbeschädigt und nur das Fenster, aus dem der Schütze geschossen hatte, war eine Handbreit nach oben geschoben worden.

»Er muss noch hier irgendwo sein, Holmes!«, rief Lestrade.

Doch Holmes blickte nur stumm auf die belebte Straße hinab und schüttelte dann traurig und wütend den Kopf. »Sein Vorsprung war zu groß, Lestrade!

Rufen Sie Ihre Constables herbei. Irgendwer im Haus muss ihn gesehen haben und beschreiben können!«

Holmes streckte mir einen zweimal gefalteten Zettel zu. »Den habe ich hier beim Fenster gefunden«, erklärte er.

Ich las:

»Willkommen im Spiel, Mister Sherlock Holmes!«

Ich erkannte den Typ der Buchstaben. Das musste mit einer Remington Typ 4 geschrieben worden sein, einer der leichtesten und modernsten Schreibmaschinen der Welt. Ich selbst benutzte eine Maschine dieses Typs. Allein in London musste es tausende davon geben.

* * *

Trotz Lestrades Bemühungen förderten die Befragungungen der Constables im Haus weiter nichts zu Tage, als eine recht diffuse Beschreibung des Mannes, der sich am Vormittag offenbar mithilfe eines Dieterichs Zugang zu der Wohnung beschafft und dort in aller Ruhe auf seine Gelegenheit zu dem Schuss auf den Captain gelauert hatte.

Immerhin deckten sich die wenigen Angaben, die Lestrades Männer sammelten, im Großen und Ganzen mit der Beschreibung, die Hugo Drax uns von dem Käufer jenes famosen Luftgewehres gegeben hatte. Und obwohl Holmes über Stunden hinweg Youngs Wohnung Zentimeter für Zentimeter nach Hinweisen absuchte, fand selbst er nichts, was ihm in seinen Ermittlungen weiterhelfen konnte.

Lestrade war so zornig, wie ich ihn selten zuvor erlebt habe. »Wir kriegen diesen Bastard, Holmes. Nur keine Sorge. Früher oder später machen sie alle mal einen Fehler und dann werden wir da sein, Sie und ich, um ihn uns zu greifen!«

* * *

In den folgenden Tagen informierte Holmes Sir Pennyworth und Lady Constance über die Herkunft ihres Schatzes.

Lady Constance traf dessen blutige Geschichte besonders hart. Sie bestand darauf, ihn in eine Stiftung für Waisenkinder und eine Schule für junge Arbeiter einzubringen, für die sie bereits hin und wieder unter ihren Freundinnen Spenden gesammelt hatte.

Ich konnte diese großzügige Geste nur bewundern und war sicher, dass dies die einzig angemessene Art und Weise darstellte, wie mit diesem Schatz zu verfahren war.

Sir Caldwell-Young sandte einen Bediensteten, um die Leiche seines Sohnes identifizieren und begraben zu lassen. Wie man hörte, nahm er selbst an dem Begräbnis nicht teil. Von der Familie erschien nur Captain Youngs Bruder Richard, um von dem unglücklichen jungen Mann Abschied zu nehmen.

Ich machte mir Sorgen um Holmes. Er zählte nicht zu den Männern, die ihre Niederlagen einfach so hinnahmen. Ohne sein Wissen verabredete ich mit Mrs. Hudson, dass sie mich täglich über sein Befinden auf dem Laufenden hielt.

Er verschwand einige Male für längere Zeit spurlos aus der Wohnung in der Baker Street, nur um danach in den unmöglichsten Verkleidungen lautlos wie ein Dieb in der Nacht urplötzlich wieder dort aufzutauchen.

Ich hielt dies für ein gutes Zeichen. Denn es bewies, dass er weiter an dem Fall arbeitete. Ich fand, alles war besser, als ihn allein mit der siebenprozentigen Kokainlösung in seiner Wohnung eingeschlossen zu wissen.

Etwa zehn Tage nach unserem Abenteuer in Captain Youngs Wohnung lud Holmes mich in die Baker Street ein. Wie üblich gab er keine Gründe für seine Einladung an, doch er bestand auch nicht darauf, dass ich meinen Revolver einsteckte, weswegen ich davon ausging, dass es eher um einen Freundschaftsbesuch handelte, als darum, ihn bei einen seiner Fälle zu begleiten.

Holmes war bei meinem Besuch selbst für seine Verhältnisse ungewöhnlich wortkarg. Er wirkte blasser als gewöhnlich. Zunächst schob ich es auf seine Ermittlungen. Es war schon vorgekommen, dass er sich dabei fast völlig

RAGNARÖK IS COM

verausgabt hatte. Hinzu kam, dass das Lederetui mit der Kokainlösung nicht an seinem Platz lag, sondern neben dem Sessel auf dem Tisch, was darauf hindeutete, dass er erst kürzlich der Droge zugesprochen haben musste.

Doch womöglich war dies ja nur ein Teil der Wahrheit und das, woran mein alter Freund so litt, war eher jener grausige Fall und die Frage nach der Identität dieses Meisterverbrechers. Nachdem Mrs Hudson uns Tee und Sandwiches servierte, ergriff er seine Violine und begann traurige Mendelsohn- und Schubertlieder zu spielen.

Erst als Mrs Hudson uns ein frühes Abendessen servierte, legte er die Geige weg und aß ein paar Bissen.

»Nichts stimmt in dieser Affäre, Watson. Rein gar nichts«, beklagte Holmes sich.

»Geduld, Holmes, Sie behaupten doch selbst so gerne, Lestrade sei unschlagbar, wenn es darum geht, einen Mann irgendwo in dieser Stadt aufzuspüren. Ich bin sicher, er wird diesen Schützen früher oder später stellen können. Und gewiss wird sich dann auch eine Verbindung zum Rest der Bande finden.«

Holmes stopfte sich eine Pfeife, steckte sie an und trat zum Fenster. »Ihre Zuversicht in allen Ehren, Watson, aber ich möchte da doch Zweifel anmelden. Ich glaube nicht an Zufälle. Ich glaube an Gründe. Ich glaube an die Wissenschaft und den gesunden Menschenverstand. Wiggins und die *Irregulars* haben tagelang London nach einer Spur unseres Geistes durchsucht. Auch Lestrade hat dies getan. Ergebnis: Null. Er scheint aus dem Nirgendwo gekommen zu sein. Das mag man noch akzeptieren wollen. Er war immerhin Chinese und die neigen generell dazu, ihre Angelegenheiten strikt für sich zu behalten, zumal in einer Stadt wie London, in der sie Fremde sind. Treten Sie doch einmal einen Schritt zurück und halten sich das ganze Bild vor Augen, Watson. Der Geist ist ja nur ein Aspekt davon, ein anderer ist der Hypnotiseur Ryan alias Bonnard, einen weiteren bilden die Morde und jenes außerordentliche Luftgewehr. Das Geschoss, mit dem Captain Young getötet wurde, entsprach wiederum ganz gewöhnlicher Armeemunition. Und soweit man das sagen kann, muss es auch aus einem Infanteriekarabiner abgefeuert worden sein. Schon das – dieser scheinbar mühelose Wechsel der Mordwaffen – ist höchst ungewöhnlich. Ich habe Captain Youngs letzte Tage hier in London fast vollständig rekonstruieren können und bin sicher, dass er im Royale Casino mit den Verbrechern in Kontakt gekommen sein muss. Ein Mann, auf den die Beschreibung unseres Schützen in etwa passt, war dort für einige Zeit Stammgast. Er gab seinen Namen als Major Jones an und warf mit seinem Geld nur so um sich. Ungefähr zur selben Zeit, als Captain Young in London ankam, gab dieser Major Jones jedoch seine Besuche im Royale Casino auf. Es gelang mir, ihn aufzutreiben. Sein eigentlicher Name ist Thomas Cuthbert, er ist ein Webereibesitzer aus Sheffield, der hin und wieder seine Gewinne an den Londoner Spieltischen verjubelt und fürchtet, von seiner Ehefrau dabei ertappt zu werden. Daher sein dummer *nome de guerre*. Immerhin wusste er von einem weiteren häufigen Gast im Royale zu berichten, auf den die Beschreibung, die Hugo Drax uns gab, ganz gut passte. Doch keiner außer Cuthbert scheint sich im Royale Casino oder im Indian Army Club an ihn erinnern zu können. Dabei bin ich sicher, dass unser Schütze ein ehemaliger Soldat sein muss.« Holmes paffte blaugrauen Rauch an die Zimmerdecke. »Ich habe mein Archiv zu Rate gezogen und mich außerdem in der Unterwelt umgehört. Die Pennyworth Affäre war ja nicht der einzige Fall, der mir in letzter Zeit so weit danebenging. Da war auch der dubiose Selbstmord des Buchmachers in Highgate, das Verschwinden der Perlen aus dem Safe in Belgravia, der lachende Polizist und jene verblüffende Affäre um die falsche Palme im Garten der Lady Alquist. Selbstverständlich darf man auch den Mord an dem Butler des belgischen Thronfolgers in dieser Aufzählung nicht vergessen.«

Von keinem dieser Fälle hatte ich je zuvor gehört. Holmes musste sie bearbeitet haben, während ich mich mit Mrs Watson in Paddington eingerichtet und die Anfänge meiner Praxis aufgebaut hatte.

»All diese Verbrechen waren genial geplant und wurden dann so exakt ausgeführt, dass selbst ich keinerlei Spuren fand, denen es sich zu folgen gelohnt hätte«, fügte Holmes hinzu.

Ich bediente mich noch einmal von Mrs Hudsons unnachahmlichem Roastbeef.

»Das Erstaunlichste ist die Vielfalt der Methoden, mit denen man bei all diesen Verbrechen vorging, Watson.«

Verblüfft legte ich Messer und Gabel ab. »Sagen Sie nicht immer, dass man den Urheber eines Verbrechens stets an den Methoden erkennt, deren er sich bedient? Falls diese Taten jedoch alle eine unterschiedliche Methodik aufweisen, vielleicht handelt es sich dann eben doch um verschiedene Täter? Selbst ein Sherlock Holmes kann schließlich einmal in eine Pechsträhne geraten.«

Holmes klopfte seine Pfeife am Kamingitter aus. Er stopfte sie neu und steckte sie mit einem langen schwedischen Schwefelholz an. »Ich habe das zunächst auch angenommen, Watson. Nicht einmal ich bin ja ganz und gar unfehlbar. Doch letztlich existiert in meinem Beruf nur ein einziges Prinzip, das sich niemals relativieren lässt. Hat man das Unmögliche ausgeschlossen, muss das, was übrig bleibt, die Wahrheit sein, so unwahrscheinlich sie auch klingen mag.«

Das hörte ich nun weiß Gott nicht zum ersten Mal.

»Sehen Sie, Watson, in gewisser Weise war der einzige verbindende Punkt bei all diesen Fällen der, dass es offenbar gar keinen gab.«

Dies klang mir nach einem doch zu irrwitzigen Paradoxon und Holmes sah mir meine Verwirrung darüber auch an. Er schaute zum Fenster und blies Rauchwölkchen zur Decke. »Das charakteristischste Kennzeichen des außergewöhnlichen Verbrechers, der hinter diesen Fällen steckt, besteht gerade in der Vielfalt der Methoden seiner Verbrechen, Watson. Captain Young mag den Anstoß für die tragischen Ereignisse um diesen Schatz gegeben haben. Doch geplant und in die Tat umgesetzt wurden sie von einem Hirn, dessen Intelligenz und Kaltblütigkeit weit – *sehr* weit – über dem eines gewöhnlichen Kriminellen rangiert«, verkündete Holmes. Ich glaubte, eine gewisse Bewunderung aus seinen Worten herausgehört zu haben.

Er sah mir an, dass ich immer noch letzte Zweifel an seiner erstaunlichen These hegte, steckte die Pfeife in den Mund und paffte einige neue Rauchkringel in den Raum. »Wie so häufig ist die Lösung des Rätsels so schwer zu finden, weil sie andererseits geradezu auf der Hand liegt. Ich glaube, so, wie ich ein beratender Detektiv bin, ist dieser ungewöhnliche Verbrecher ein beratender Krimineller. Ein Mann, der seine außerordentlichen geistigen Fähigkeiten dazu einsetzt, für jeden, der ihn damit beauftragt, Verbrechen zu begehen.«

Ich nahm mir eine Zigarre aus der Kiste auf Holmes Schreibtisch und trat zu ihm ans Fenster. »Sie meinen, hier irgendwo in London existiere ein geheimnisvoller Unbekannter, der von jedermann dafür engagiert werden kann, ein Verbrechen zu planen und auszuführen?«, fragte ich Holmes, nur um ganz sicherzugehen, ihn auch wirklich richtig verstanden zu haben.

»Sehr richtig«, antwortete mein alter Freund.

Unten auf der Baker Street waren zwei abgerissene Jungen dabei, mit Hilfe eines Pinsels, einer Schablone und eines Eimers weißer Kalkfarbe, die inzwischen verblasste Schrift zu erneuern.

Ragnarök is coming...

Holmes nahm die Pfeife aus dem Mund und wies damit auf die Jungen.

»Wissen Sie, was es bedeutet?«

»Ragnarök? Hat nicht Pennyworth davon berichtet, Holmes? Irgendein Mythos über das Ende der Welt und den Tod alter Götter«, antwortete ich.

Holmes stand noch lange Zeit allein an dem Fenster und schaute auf den dünner werdenden Verkehr auf der Baker Street hinab.

Ich wusste, dass es für gewöhnliche Sterbliche aussichtslos war, sich vorstellen zu wollen, was sich dabei in seinem so außergewöhnlichen Hirn abspielt.

Als er gleich darauf wieder nach seiner Geige griff und ein Schubertlied zu spielen begann, blickte ich hinaus auf die Baker Street, die so typisch für die Hauptstadt des größten Empires war, das die Welt je gekannt hatte.

In all den Jahren, dich ich ihm bei seinen Abenteuern zur Seite stand, hatte Holmes nur ein einziges Mal mit demselben Respekt von einem seiner Gegner gesprochen, wie er es eben über jenes unbekannte Verbrechergenie tat, das er hinter der unheimlichen Affäre um den Geist des Architekten und den Tod Captain Youngs vermutete.

Dabei handelte es sich um Miss Irene Adler, die einzige Vertreterin ihres Geschlechts, die es je zu einem Platz in Holmes Herz gebracht hatte. Doch Miss Adler hatte sich weiter nichts zu Schulden kommen lassen, als ihr gutes Recht gegenüber einem Mann zu verteidigen, der sie höchst schäbig behandelt hatte. Sie hätte ihre Schönheit und ihren außerordentlichen Geist niemals in den Dienst von verachtungswürdigen Mördern oder moralisch zweifelhaften Männern wie Captain Young gestellt.

Während ich jetzt jedoch auf die betriebsame Baker Street hinanbschaute, überkam mich ein Anflug von Angst. Nicht einmal diese Hauptstadt der Welt konnte groß genug für einen zweiten Mann sein, dessen Eitelkeit, Entschlossenheit und Fähigkeiten denen meines alten Freundes Mister Sherlock Holmes glichen. Beklommen fragte ich mich, ob ein auf Leben und Tod ausgefochtenes Duell jener beiden Männer genug sein könne, um nicht nur London, sondern mit ihm sogar das gesamte britische Empire zu erschüttern.

»Übrigens, Watson, behauptet Cameron von der *Times* nach wie vor, dass jene Ragnarök-Inschriften eine Art von Werbung für ein neues Stück des großen Irving darstellen«, sagte Holmes, während er die Saiten seiner Geige nachspannte.

»Sie meinen David Cameron?«, fragte ich.

»Eben den!«

»Wir mögen ja nicht in allen Fällen einer Meinung sein, alter Freund. Doch, was Mister David Cameron betrifft, stimmen wir in unserer Analyse ja wohl völlig überein. Der Mann ist ein Narr!«

Mister Sherlock Holmes nickte unmerklich. »Sogar mehr als das, Watson, er ist ein gefährlicher Narr!«

Holmes setzte die Geige wieder unters Kinn und intonierte ein neues Stück.

Die Autoren

Dr John Hamish Watson (später Sir John Watson): geboren 1852, war Arzt und Schriftsteller. Watson erlangte mit seinen Schilderungen der Abenteuer Sherlock Holmes, des ersten beratenden Detektivs der Welt, besondere Berühmtheit. Watson hat als Militärchirurg am Zweiten Afghanischen Krieg 1878–1880 teilgenommen, zog sich bei der Schlacht von Maiwand eine schwere Kriegsverletzung zu, verbrachte einige Zeit in Indien und lebte ab 1880 für zehn Jahre in einer Wohngemeinschaft mit seinem Freund Holmes in der Londoner Baker Street 221B. Watson war zweimal verheiratet. Für seine schriftstellerische Tätigkeit griff er auf das Pseudonym Arthur Conan Doyle, später Sir Arthur Conan Doyle, zurück. Watsons berühmteste Werke sind »Eine Studie in Scharlachrot«, »Der Hund von Baskerville«, »Das Tal der Angst« und »Das Zeichen der Vier«.

David Gray, geboren 1973 in Leipzig, heißt eigentlich Ulf Torreck. Er hat nach dem Abbruch eines Jurastudiums in Leipzig eine Ausbildung zum Drehbuchautor absolviert und anschließend als Script Doctor sowie als Filmkritiker für verschiedene Lokalzeitungen gearbeitet. In diese Zeit fielen längere Auslandsaufenthalte in Frankreich, Irland, Großbritannien und Nepal.

David Gray veröffentlichte bisher sechs Romane und eine Shortstoryanthologie. Darunter die von der Kritik gefeierten Polizeithriller »Kanakenblues« und »Sarajevo Disco« im Pendragon Verlag. Sein historischer Roman »Wolfwechsel« hielt sich über ein Jahr in den Amazon Top Einhundert eBook-Charts. Zusammen mit drei anderen Kollegen hat er eine Krimireihe um die »Mordkommission Leipzig« veröffentlicht, deren Einzelbände Bestsellerstatus in den Kindle Charts erreichten.

Unter David Grays bürgerlichen Namen Ulf Torreck verlegte der Heyne Verlag mit »Vor der Finsternis« und »Fest der Finsternis« zwei seiner historischen Romane um den Marquis de Sade, der darin der Pariser Polizei bei den Ermittlungen um zwei grausame Mordserien zur Seite steht ...

Katharina Kraft, geboren 1983 in Dresden, studierte Modedesign an der Burg Giebichenstein, Kunsthochschule Halle/Saale, mit Schwerpunkt Textilmalerei. Sie ist freischaffende Künstlerin, Kostüm - und Maskenbildnerin, sowie Illustratorin. Ihre ausgeprägte künstlerische Erfahrung nutzt sie neben ihrer Arbeit für Foto, Film, Buch und Theaterproduktionen, auch für freie kulturellen Projekte, für Klimaschutz und Nachhaltigkeit. Sie ist ehrenamtliches Mitglied im Kulturausschuss der Stadt Halle und Jurorin des Dortex-Design-Award.

Und so geht es in Teil 2 weiter …

Ich erkannte schemenhaft die Umrisse einiger Constables am gegenüberliegenden Bereich des Hofes. Was mich dort erwartete, musste entsetzlich sein. Das hatte Wiggins vorhin gesagt. Es musste sogar so grauenerregend sein, dass Lestrade den Jungen daran hinderte, einen Blick auf die Tote zu werfen.

Ich atmete tief durch und beschleunigte meine Schritte.

Sechs Constables standen in einem Halbkreis um eine Ecke des Hinterhofs. Sie hielten als Sichtschutz einige feuchte Armeedecken ausgebreitet, um neugierige Blicke abzuwehren.

Immerhin machte ich dahinter die Gestalten von Holmes und Lestrade aus. Holmes, groß, hager und nahezu regungslos. Lestrade mit dem schiefsitzenden Bowler auf dem Kopf, untersetzt und ständig in Bewegung.

»N‘ Morgen, Doktor!«, grüßte einer der Constables.

Ich erwiderte seinen Gruß und blickte in einer Mischung aus Aufregung und Beklommenheit auf die beiden Männer hinter den Decken. Holmes trug einen Abendanzug und einen schwarzen Mantel mit Pelzkragen, um seinen Hals hatte er einen weißen Seidenschal geschlungen.

»Watson! Endlich! T'schuldigung für die rüde Unterbrechung Ihres Nachtschlafs!«, rief Lestrade, der mich noch vor Holmes bemerkt hatte.

»Oh, guten Morgen, Watson! Scheußliches Geschäft hier, alter Junge …«, flüsterte mein alter Freund, sobald ich nah genug herangetreten war.

Zu meinen Füßen lag in einer Spirale aus Gedärm ein Teil einer menschlichen Lunge. Der Darm, der sich in vier Windungen darum wand, lief zu einer geöffneten Bauchhöhle. Einige Fuß daneben entdeckte ich einen fahlen Fleck auf dem Pflaster, der sich bei näherer Betrachtung als Brust herausstellte. Nicht weit davon lag eine abgetrennte menschliche Hand. Drei, vier Schritt weiter entdeckte ich – endlich – die Überreste einer Frau im feuchten Schmutz des Hinterhofs.

Wie Marie Kelly hatte man auch ihren Leib vom Halsansatz bis zum Schambein aufgeschnitten und offensichtlich nicht nur ihren Darm aus der Bauchhöhle gezogen. Gleich neben dem Schenkel der Toten lag eine ihrer Nieren. Neben ihrem zerhackten Gesicht schimmerte etwas, das mir ein Teil einer menschlichen Leber zu sein schien.

Als alter Soldat trug ich weiß Gott einige furchtbare Erinnerungen in mir. Aber das zu einer blutig grinsenden Fratze zerhackte Gesicht dieser jungen Frau brannte sich so tief in mein Hirn und Herz, dass darüber selbst die albtraumhaften Bilder der Schlacht von Maiwand verblassten, bei der ich dem Tod nur mit Mühe und Not entgangen war.

Einer der Constable würgte, zuckte und platzierte sein Erbrochenes neben das seiner Vorgänger.

»Sollten auch Sie sich erleichtern müssen, Doktor, dann wäre ich Ihnen dankbar, falls Sie es einrichten könnten, dies über die Decken hinweg zu tun«, sagte Lestrade in einem Tonfall, der wohl nicht zufällig Holmes Wortwahl und klaren Akzent plagiierte.

»Herzlichen Dank für Ihren Hinweis, Lestrade. Aber da Sie mich einige Stunden vor dem Frühstück aus dem Bett klopfen ließen, besteht dafür keine Gefahr«, gab ich bissig zurück.

Ich sah Lestrade geradeheraus in die Augen und wies dann auf die menschlichen Überreste am Boden.

»Das ist zweifellos der abscheulichste Anblick, dem ich in meinem ganzen Leben ausgesetzt worden bin.«

David Gray
Sherlock Holmes
Das Grab der Molly Maguire

354 Seiten, 12 x 18 cm,
Hardcover
ISBN 978-3-946425-74-8
16.00 EUR | 16.50 EUR (AT)

Ganz London ist in Aufregung als man ausgerechnet dort, wo einst der grausame Killer Jack the Ripper sein letztes Opfer tötete, die schrecklich zugerichtete Leiche einer jungen Frau findet.
Während man ihn einst aus kleinlichem Neid bei der Jagd nach Jack the Ripper ausschloss, ist Sherlock Holmes bei diesem grausigen Mord sofort zur Stelle.
Er bezweifelt bald, dass man es bei der Toten mit einem neuen Opfer des dämonischen Serienmörders zu tun hat …

Ganz in der Tradition der Originalstorys um den berühmtesten Detektiv der Welt folgt der Leser in diesem Kriminalroman Sherlock Holmes in die Anatomiesäle Londoner Hospitäler, auf nächtlich neblige Friedhöfe, in den seltsamen »Diogenes Club« und zu verrauchten Hinterzimmern von Eastend Pubs, bis sich ausgerechnet in einem verlassenen Pfarrhaus eine heiße Spur zu ergeben scheint …

David Gray
Sherlock Holmes
Die Augen der Göttin

380 Seiten, 12 x 18 cm,
Hardcover
ISBN 978-3-96815-003-1
17.00 EUR | 17.50 EUR (AT)

Sherlock Holmes begibt sich auf die Jagd nach einer Statue der indischen Göttin Kali, die vor wenigen Tagen aus dem Haus eines berüchtigten Kolonialoffiziers gestohlen wurde.
Rasch wird dem Meisterdetektiv klar, dass die unscheinbare Skulptur ein Heiligtum der Thugs ist. Einer uralten indischen Bruderschaft von Räubern und Mördern, deren Mitglieder zu allem entschlossen sind, um sie wieder in ihren Besitz zu bringen.
Doch erst als es fast zu spät ist, erkennen Watson und Holmes, dass ihr Erzfeind Professor Moriarty hinter dem Diebstahl steckt und die Figur ein gefährliches Geheimnis birgt, das die Grundfesten des britischen Empires zu erschüttern droht …

Sherlock Holmes und die Augen der Göttin ist der letzte Band der dreiteiligen Reihe um den berühmtesten Detektiv der Welt.

Falls Euch das Buch gefallen hat, besucht unsere Präsenzen im Netz und folgt uns auf den sozialen Medien:

roterdrache.org

www.roterdrache.org/catalog

editionroterdrache

Verlag.EditionRoterDrache

YouTube Edition Roter Drache

@EditRoterDrache

twitch RoterDrache2006

Die Edition Roter Drache ist Amigo in
DAS SYNDIKAT e.V.

SYNDIKAT

www.das-syndikat.com